KB024157

개망초 연대기
年 代 記

김재룡 시집

개망초 연대기

年代記

달아실 시선

17

달아실

일러두기
본문에서 하단의 〉는 '단락 공백 기호'로 다음 쪽에서 한 연이 새
로 시작한다는 표시이다.

"그런데 이제 어떻게 어떻게 해가지고 4월 달인가에 유골을 가져가라고 연락이 왔어요. 그래서 너를 업고 거기엘 찾아갔지. 양평 양수리 59후송병원엘 간 거야. '유골을 가져가라고 해서 왔는데, 보시다시피 내가 그 유골을 가져갈 처지가 아니지 않습니까. 그리고 뭐 유골을 가져다가 호미로 긁적긁적해서 어디다 묻을 것도 그럴 것이 아니지 않습니까. 여기, 애가 크면 찾으러 올 테니까 그때까지 잘 보관해 두세요.'라고 그리고는 그냥 왔지."

1959년. 두 살 나를 품고 국가와 세상에게 버림을 받은 스물셋의 어머니. 스물넷의 나이에 죽임을 당한 아버지의 유해 인수를 거부한 것은 당연한 일이었다. 60년이 흐른 2019년 2월 25일. 〈대통령소속 군사망사고진상규명위원회〉는 아버지의 군의문사에 대한 '조사개시 결정'을 통보해 왔다. 어머니가 흘린 눈물의 힘겨운 힘의 결과다.

그러나 아무리 깊은 슬픔일지라도 죽음을 이길 수 없으리라. 지금도 '죽은 사람만 억울한 거야'라고 이야기하는 여든넷의 어머니에게 이 책을 보여드릴 수 있어 다행이다. 남아 있는 날들은 어머니와 함께 더 많이 더 자주 웃으며 살아갈 수도 있겠다.

2019년 유월

김재룡

차례

개
망
초
연
대
기

시인의 말　5

프롤로그 prologue

들국화는 피었는데　12

꽃 피고지고 피고 지고　16

구절초　18

그해 겨울　21

여름날　22

아버지와 망원경　25

앞발　28

첫눈에서 봄눈까지　29

운서역雲西驛에서　30

쓸쓸한 연대기年代記　31

1부 꿈속에선 언제나 조기弔旗가 펄럭이고

불가사리의 노래　40

산山사람　43

산山불과 꿈　50

산중별곡山中別曲　52

아리랑별곡別曲　56

그 달빛 아득했느니　60

숲으로 간 소년　63

고무신과 자전거와 소년　64

굴렁쇠와 소년　66

입춘立春　68

화석化石을 보며　70

서부전선西部戰線 이상 없다　72

성북동 국숫집에서　76

아내가 아팠다　78

장천블루스　80

가을편지　81

슬픈 이름　82

낙화落花　84

2부 초저녁 추운 기다림의 그림자

세월교歲月橋를 찾아서　86

춘천별곡春川別曲　88

공무도하가公無渡河歌 외전外傳　90

깊어가는 강江　92

중도中島의 꿈　94

안개 소묘素描　95

안개의 생애　96

안개 속으로　97

안개에 젖어　98

안개는 매일 죽는다　99

안개가 말했다　100

안개의 몰락沒落　102

안개의 닻　103

춘천에 내리는 눈　104

춘천에서 미용실을 찾아 헤매다　106

동부시장에서　108

흐르는 강물처럼　109

부엉이　112

3부 난 시인이 아니라고 우겼다

새 하늘 새가 하늘을 날다塞夏記　114

까치는 어디로 갔을까　116

미나리 파란 싹이 돋아났어요　119

운동장에서　120

잔설殘雪처럼　128

숲을 위하여　130

일상 그리고 살림　132

희망비디오　134

살림 그리고 일상　139

아내의 사과　142

난 시인이 아니라고 우겼다　144

낭만에 대하여　147

길을 묻는다　148

아직은 촛불을 켜지 말자　151

애련강哀戀江을 찾아서　156

산수유나무 그늘에서의 일　159

정암사 산딸나무　160

민들레꽃이 말했다　162

속삭임이 말했다　163

4부 기억의 총량

세월호 일기초日記抄　　166

잃어버린 시간을 찾아서　　185

에필로그 epilogue

호랑가시나무를 찾아서　　216

국수를 먹는 밤　　218

냉면의 품격　　220

개마고원으로 가는 자전거　　222

엎디어 있다　　224

남아 있는 날들　　226

눈물의 기원起源　　229

천장지구天長地久　　230

개망초에게　　231

발문　슬픈 국가, 연보랏빛 들국화는 피고 있는데 · 박용하

　　233

프롤로그
prologue

들국화는 피었는데

총알은 왼쪽 등 뒤에서 견갑골을 부수고 겨드랑이 동맥을 끊으며 야전잠바 윗주머니를 뚫었다. 제3야전에서 7일이 지난 후에야 59후송병원으로 이송되었다. 총상은 총창이 되어 썩어들어 갔다. 이제 겨우 스물셋인데. 환부에서 죽음의 악취를 풍기기 시작했다. 한 달 넘게 버텼다. 그렇게 서서히 죽어가며 이름을 불렀을까. 돌 지난 아들. 아 아내.

옹진 강령 땅. 3·8선이 생겼다는 두락산 돌모루에서는 아래쪽 두 사람이 조선낫에 찍혀 죽었다고 했다. 대신에 까치산 말뚝이고개 너머 며느리바위에서 위쪽 사람이 도끼로 목이 잘렸다는 소문을 들은 아이들은 몇 번씩 자기의 목을 어루만졌다. 음력 오월 초열흘. 유월 이십오일. 둘째 형이 휴가 나왔다 귀대한 지 일주일이 지난 후였다. 전쟁이 터진 줄도 모르고 동생과 조카를 데리고 낚시를 갔다. 해가 퍼지기 전이었다. 우리들을 찾아 나섰던 어머니와 아버지가 장터 다리목에서 난사를 당했다. 저녁 무렵에 집에 들어가 어머니와 아버지를 찾았는데 보이지 않았다. 셋째 형이 우리를 보고는 돌아서서 소리도 내지 못하고 얼굴을 가리고 울고 있었다. 가마니에 덮여 버려졌던 시신은 사흘이 지난 후에야 작은아버지와 셋째 형이 수습했다. 그날. 옹진 부민면에서 죽은 사람은 어머니와 아버지 둘뿐이었다. 면 사람들은 다 알았다.

열일곱 살이었다. 휴가 후 귀대 일주일 만에 전쟁이 터져 소식을 알 수 없는 둘째 형. 열아홉 셋째 형은 연평도로 피했고 나는 인민의용군으로 전장에 내몰렸다. 전장을 옮겨 다니는 동안 무수한 주검들이 온 산하를 뒤덮고 있는 것을 보았다. 연보랏빛 들국화는 피고 있는데 늘 배가 고팠고 포탄이 터졌고 힘겨운 야간 이동이 있었다. 포로가 되었다. 포로수용소에도 전쟁은 계속되었고 주검은 넘쳐 났다. 반공포로라는 이름으로 풀려났다. 임진강이 가까운 감악산 가까운 구암리 이장 집에 맡겨졌다. 영국군이 떼죽음을 당한 설마치 근처였다. 전쟁이 끝났으나 옹진으로 돌아갈 수 없었다.

〉

두 해가 지났다. 장터 가는 길에 진지를 구축하고 있던 토이기군도 모두 떠났다. 이장인 형님 집에서 아내를 맞았고 아들을 얻었다. 혼사를 극구 말리던 앞을 보지 못하는 장모가 아이의 이름을 지었다. 아이가 태어난 지 두 달 후에 자원입대할 수밖에 없었다. 처형 집이었지만 의탁되어 머슴처럼 얹혀살 수만은 없는 일이었다. 군대 갔다 와 동두천 미군부대 다니면서 자리를 잡아야 했다. 이듬해 봄 앞을 보지 못하는 아이의 외할머니가 급작스럽게 세상을 떠났다. 휴가를 내 장례를 치렀다. 아이를 업은 가여운 아내는 어머니를 묻고 온 앞산을 바라보며 하염없이 눈물을 훔쳤다.

가을에는 다시 휴가를 나와 타작을 도왔다. 귀대할 때 아이를 업은 아내가 신작로까지 따라 나오며 또다시 눈물을 흘렸다. 길섶에는 구절초며 벌개미취 쑥부쟁이 따위의 감국들이 흐드러져 있었다. 김화지구 육 사단 칠 연대 수색대. 어차피 휴전 중인 나라의 군대 생활이었다. 포로수용소 생활까지 견뎠고 한 아이

의 애비였던 나에게 남쪽의 군인들은 짐승 같았다. 어
차피 짐승 같은 시절이었다. 선임은 유별나게 괴롭혔
다. 집단 가혹행위를 일삼는 것에 항의했고 시정을 요
구했다. 상관에게 보고하겠다고 돌아서 가는 등 뒤에
서 카빈소총 방아쇠가 당겨졌다. 초겨울 눈밭으로 거
꾸러졌다. 눈에 덮이지 않고 솟아 있던 한 무더기의
마른 들꽃들이 바람에 가볍게 흔들리며 흐려져 갔다.

아내가 어린 아들을 업고 후송병원을 찾아왔다. 또
다시 눈물짓는 아내를 아랑곳하지 않고 잠시 동안 아
이는 병상을 아장 아장 오가며 잘도 놀았다. 보리밥
에 짠지 쪽을 얹어 주니 넙죽 넙죽 잘도 받아먹었다.
마지막이었다. 아내가 아이를 데리고 다녀간 며칠 후
후송병원에서 눈을 감았다. 스물넷이었다.

꽃 피고지고 피고 지고

그런데 인제 부엌에서 물을 디려고 불을 때고 있는데 체부가 부르잖아 색시 하고 부르는데 벌써 느낌이 이상하더라고 그 사람이 인제 총상을 입었는데 애가 보고 싶으니까 왔다 가라고 편지를 갖고 온 거야 글쎄 늬 아부지가 처음에 병원에 실려 갔을 때 그렇게 사정을 하면서 그러더래 나 죽으면 안 되는 사람이라고 꼭 살아야 한다고 처자식이 있어서 죽으면 안 된다고 그렇게 매달리더래 그리고 내가 널 데리고 양평군 양수리 그 59후송병원 거기엘 갔었잖냐 그때만 해도 죽을 거 같지 않더라고 그리고 그 다음에 또 갈려고 했는데 그 우영이 아버지 있잖냐 형부더러 이만 원을 달래서 그 사람을 줘서 보냈잖아 군의관 만나서 약도 좀 좋은 거 쓰고 잘 봐달라고 술이라도 한 잔 사주라고 그렇게 부탁한 거야 여자가 가서 울고 불고하면 보기도 좋지 않고 그럴 것 같애서 그랬는데 늬 아버지와 가깝게 지냈던 그이를 보냈잖니 그런데 그이가 갔더니 글쎄 그 사람이 엊그제 죽었다고 허참, 죽고 말았다고 그러더라는 거야 총 맞은 자리에서 피가 멈추지 않았대 수술하고 그래야 되는데 그 피를

16

수혈해야 하는데 그게 잘 맞지도 않고 그랬다더라 그
래도 용케 한 달을 넘게 버틴 거지 그리고 죽으면서
그랬다고 그러더라는구나 아무 원도 없다고 며칠 전
에 봤으니까 됐다고 이쁜 색시도 있고 잘 낳아 준 아
들도 있어서 죽어도 아무 원이 없다고 그때 늬 아버
지 죽었을 때 내 인생은 끝났어 거기서 내 인생은 끝
난 거야

구절초

　어머니는 여섯 살이 된 나를 데리고 개가했다. 양주 남면에서 광적면으로 이십여 리를 들어가는 삿갓봉 외딴 집이었다. 칠 남매의 둘째가 새아버지였다. 여덟 살과 네 살 위 고모 둘, 두 살 위 삼촌, 한 살 밑 고모를 포함해 모두 열 식구가 한 지붕 밑에 살았다. 이따금 밖으로 떠도는 삼촌이 집에 들르곤 했다. 갖가지 들꽃이 흐드러져 있을 때 여동생을 보았다. 이름이 국화였다. 할아버지는 목수였고 아버지는 정미소 일꾼이었다.

　밖으로 떠돌다 어쩌다 집에 들어서는 할아버지는 성미가 고약하고 불같았다. 장마철이면 사랑방에서 문틀을 짜면서 지에미부틀이라는 욕을 입에 달았다. 가끔 작은삼촌이 두들겨 맞았다. 없는 살림에 어머니는 할머니를 설득해 두부 장사를 시작했다. 하루걸러 콩을 불려 맷돌에 갈고 콩물을 밀가루 보자기에 짜 두부를 쑤었다. 가래비 갓바위 법원리 신산리 장에 이고 가서 팔았다. 중풍을 맞은 할아버지 욕은 여전했으나 더 이상 매를 들 수는 없었다.

　〉

국화는 예쁘게 자라 네 살이 되었다. 흑단 같은 긴 머리에 별명이 또록이였다. 그해 봄 할아버지 상여가 나갔다. 가을 들꽃이 흐드러지기 시작할 때 할머니는 두 가마들이 커다란 독에 동치미를 담갔고 두 가마니의 메주콩을 쑤었다. 이듬해 정월 그믐 고추장을 담그려고 길금 우려낸 물에 찹쌀을 갈아 풀을 쑤어 커다란 함지박에 퍼 날랐다. 장독대와 김장간이 있는 뒷마당이었다. 삼촌과 고모와 국화와 나는 그 달착지근한 풀떼기를 손으로 찍어 먹으며 놀았다. 누구의 발에 걸렸는지 국화가 그만 뜨거운 고추장 풀 함지박으로 넘어지고 말았다. 한쪽 팔과 다리, 배와 목 부분에 큰 화상을 입었다. 병원에 데리고 갈 엄을 낼 수 없는 시절이었다. 신작로 건너 오십칠 연대 의무관이 와서 들여다보았지만 화기가 든 국화는 이틀을 넘기지 못했다.

어머니 모르게 아버지는 국화를 앞산 어디엔가 묻었다. 국화가 묻힌 곳을 아는 사람은 아버지뿐이었을 것이다. 그해 가을 우리 식구들은 고개 넘어 건넛마을에 집을 짓고 분가했다. 해마다 삿갓봉 가는 길엔 들국화가 지천이었다. 그런 줄만 알았다 들국화인 줄만 알았다. 아버지도 돌아가시고 어느 날 어머니와 삿갓봉에 다녀오는 길에 어릴 적 국화 이야길 한다.

"어무니, 그때 국화가 내 발에 걸려 함지박에 빠진 거 알고 있우?"

"그걸 누가 알겠나. 이 사람아"

"오빠 땜에 그랬어. 오빠 땜에 그랬어! 라는 말이 지금도 귀에 쟁쟁한 거 같아서……"

"그럼, 삼촌이나 고모 땜에 그랬다고 하면 자네 맘이 편했겠나. 그리고 저건 벌개미취여. 저 흰 꽃이 구절초고. 국화 묻은 데 저 구절초가 저절로 잔뜩 피어 있더라구."

그해 겨울

문풍지가 부르르 떨면서 호얏불이 파득거렸다. 삿 갓봉 들머리에서부터 들판을 가로지르며 승냥이 울 음소리가 여운을 남기고 있었다. 안방 화로 냄비에는 무가 자작이며 푹 물러갔다. 겨울이면 어김없이 찾아 오시는 함흥할머니가 매일 저녁 올려놓는 것이었다. 할아버지 돌아오지 않은 사랑방에서 어린 삼촌과 고 모, 사촌 누이들과 화롯불에 고구마를 구웠다. 아버 지가 김장간에서 동치미 한 바가지를 퍼오면 어머니 는 도토리묵을 무쳤다. 그날 밤 사랑채 흙벽이 뚫리 고 두 섬의 고추 가마니가 사라졌다. 고개를 넘어 신 작로로 이어지는 눈길에 불쌍한 도둑은 드문드문 선 혈처럼 붉은 고추와 발자국을 남겼다. 그해 겨울 미 끄덩거리는 묵처럼 수십 년의 세월이 성긴 앞머리와 손등을 덮은 주름살 사이로 빠져나갔다.

여름날

달이 없는 밤이었다. 가겟집 오누이가 지키는 포도
밭 원두막에선 하모니카 소리가 들려오고 있었다. 보
매기 건너 신작로에 끼끼꾸르르 콰르르르 지축을 흔
들며 탱크 부대가 지나가는 굉음이 들려왔다. 웃통을
벗고 짧은 팔소매를 묶어 자루를 만들어 든 아이들이
도랑을 따라 풀수경을 헤치고 포도밭 울타리 밑으로
기어들고 있었다. 하모니카 소리에 섞여 그리 똑똑하
지 못한 개가 짖는 소리가 들려왔다. 검은 손끝으로
더듬더듬 투실한 포도송이를 비틀었다. 포도송이 뚝
떨어지는 소리에 아이들의 뒤룩거리는 눈망울들이
반딧불과 함께 반짝였다. 문득 풀벌레 울음소리 하나
들려오지 않는 캄캄한 밤이었다.

탱크들의 캐터필러 소리가 빗접바위를 지나 효촌
삼거리 쯤으로 잦아드는 삿갓봉 모퉁이. 덜 익었지
만 보드랍고 새콤한 포도 알을 입 안 가득 욱여넣으
며 아이들은 구름에서 막 벗어나기 시작하는 달빛을
받고 있었다. 모깃불이 사원 이른 아침. 항아리버섯이
며 기와버섯 젓버섯 꾀꼬리버섯 밤버섯들. 싸릿가지

를 꺾어 훑어 한 두름 엮어 들고 들어오셨을 아버지. 잠결에 어머니와 두런거리는 소리를 듣는다. 지난 밤 건넛말 밤가시 박수무당이 풀무골 지 씨 집에서 밥해 버리고 돌아오는 길에 신작로에서 탱크에 깔려 죽었 다는 것이었다. 삿갓봉 모퉁이. 우리들이 앉았던 자리 에는 익지 않은 파란 포도 껍질들만 어지럽게 흩어져 있었다. 그날 이후 보랏빛 포돗물이 들어버린 흰색 티 셔츠를 다시는 입을 수 없었다.

그 여름날 포도밭에 함께 있었던 아이들 중 하나는 동네 이장이 되어 있었다. 어렸을 때 무슨 일인지 다 툰 일이 있었다. 그 애 할머니가 집에까지 찾아와 어 머니에게 야단치던 모습이 생생하다. 어머니에게 부 지깽이로 종아리 몇 대를 얻어맞고 부엌 뒤 흙벽에 엄 마 미워라고 새겼을 게다. 조용필처럼 생기고 노래 잘 하고 고스톱 잘 치고 일 잘하던 농투성이였던 불알친 구 승룡이. 서울 살면 다냐. 선생이면 다냐. 니가 그렇 게 잘났냐. 명절 때만 되면 대놓고 주정하던 한 성질 하던 친구. 동생네가 모처럼 옷 한 벌 사준다고 의정부로 나가던 택시로 능안말 지나 사단 앞 가기 전 교차로. 신호를 받고 급정거하다 미끄러져 중앙선을 넘은 미군 트럭 밑으로 택시가 끼어들어 가는 바람에 운전사와 함께 그 자리에서 죽고 말았다. 마누라와 아이들 셋을 두고 죽은 친구 승룡이. 빗접바위 뒷산에 친구 묻던 날 우리들 회다지 소리가 노고산 감악산 도락산을 휘돌아 메아리가 되었다.

이듬해 여름날. 고만고만했을 우리들이 패랭이꽃 꺾어 이으며 다니던 그 길에서 미선이와 효순이가 미군 탱크에 깔려 죽었다. 두 아이가 살았던 경기도 양주군 광적면 효촌리. 바로 그 아랫동네 덕도리. 보매기에서 나는 자랐다.

아버지와 망원경

다락방에서 바라다보는 우묵한 정릉 골짜기. 건너편 봉국사 옆 산림조합으로 이른 새벽 잡역부로 일 나가는 어머니. 북악터널을 빠져나온 장의차가 심심찮게 보였다. 배밭골 쪽에서 불어오던 바람이 방향을 틀어 청수장 깊은 골짜기로 먹혀 들어간 다음엔 장마철 한때 굵은 빗줄기들이 온통 도깨비장난 하듯 퍼붓기도 했다.

귀신 나온다던 폐허였던 경일고등학교 자리에 웬 학교 건물이 그렇게 크게 들어설 줄 누가 꿈에라도 생각했을까. 거대 건물이 빼곡히 들어선 학교 쪽을 왼편으로 눈 흘기며 치어다보는 비탈진 언덕 비탈진 셋집 다락방에서 건너다보는 북악스카이웨이며 남산의 불빛은 어찌 그리도 휘황하던지.

어머니는 여섯 살이 된 나를 데리고 개가하여 밑으로 동생 둘을 보았다. 큰아들 대학 졸업시키고 결혼시켜 셋방 얻어 분가시켰다. 의부는 늦깎이 목수였다. 큰아들 공부시킨다고 무작정 상경하여 스무 해 막노

동판을 전전한 후였다. 덜컥 찾아온 피오줌 나오는 한타바이러스에 의한 유행성출혈열. 한 달 입원 후 퇴원 한 달 만에 눈감으신 아버지. 실직 반년 동안 내가 쓰던 다락방에 올라가 계셨다.

아버지 돌아가시고 삼우제 지낸 다음 날. 휴가 중인 동생이 장롱을 정리하다가 서랍을 빼낸 맨 밑바닥에서 찾아낸 몇 가지 물건을 펼쳐놓고 울고 있었다. 만원권이며 천 원권 빛바랜 지폐 몇 장. 가죽 주머니에 들어 있는 작은 망원경. 중앙시장 도깨비골목에서 사 들이셨을 아이보리 비누며 외제 상표의 줄 뻰찌 망치 같은 자잘한 연장들. 이미 깊은 죽음의 뒤안에서 건져낸 모질고도 허망한 삶의 편린들.

의뭉한 영감태기 돈을 다 감춰놓았다고 앞니가 다 빠져나가는 어머니는 애써 웃음 짓는데. 아이보리 비누야 손자 좋을 거라고 구해서서 이제저제 망설이다 기회를 놓쳤을 터이고. 연장 몇 개야 목수일 하시던 분이니 그러려니 했지만. 글쎄 망원경. 망원경을 들고 남은 식구 모두는 아무 이야기도 하지 않았다.

건너편 능이 있는 골짜기 넘어 오늘도 흐린 바람은 불어오는데. 평생 남의 집이나 짓다가 당신 집 한 칸 짓지 못하고 돌아가신 아버지. 아랫동네 호화 주택들이 빤히 내려다보이는 달동네 셋집 비탈진 다락방에서 아버지는 망원경으로 무엇을 보았을까. 아버지는 망원경으로 무엇을 찾았을까.

앞발

모든 사물의 근원으로 다가가면 모태가 보인다. 해도 달도 산도 바다도 돌멩이도 컵도 시계도 달팽이도 지렁이도 어머니가 있다. 어머니. 나를 나일 수밖에 없도록 만든 존재의 심연에서부터 내 얼굴의 주름살에까지 내 손톱 끝에까지 어머니가 있다. 하여 나는 가끔 어머니의 어머니 또 다른 나인 어머니의 남편이 되기도 하고 어머니는 내게 딸이 되기도 하고 아내가 되기도 하고 아들이기도 하다. 하여 큰 아들의 휴대폰번호를 외우기 힘들어진 늙은 어머니의 주름진 손을 닮아가는 뭉툭하고 작은 내 손은 어머니의 앞발이었으면 좋겠다.

첫눈에서 봄눈까지

용서라는 것을 알 리 없는 하늘에서
첫눈이 내렸다
어머니 울지 마세요
도무지 용서할 수 없는
지상의 모든 것들이 눈에 덮였다
어머니 울지 마세요
나는 괜찮아요
어머니 울지 마세요
나는 정말 괜찮아요
입춘이 지나고 눈이 내린다
어머니 울지 마세요
눈물이라는 것을 알 리 없는 하늘에서
봄눈이 내린다
어머니 울지 마세요
나는 정말 괜찮아요
봄눈이 내려 쌓인다
쌓이며 녹아드는 봄눈처럼
어머니가 여위어 간다
녹아드는 봄눈처럼 웃는다

운서역雲西驛에서

안개에 덮인 신새벽인지 저녁놀이 물들었을 때였는지 공항신도시 운서역에 닿았다. 어쩌다 어머니를 보러 오가면서 몇 번은 살아 있다는 것이 신기하고도 놀라운 일이라 생각했다. 어머니는 같이 늙어가는 큰아들이 찾아들 때나 떠나갈 때 아침 햇살이나 저녁놀처럼 웃는다. 늙은 어머니가 구워준 짭조름한 조기 살점을 뜯으며 이른 아침을 먹고 길을 나선다. 이곳에서는 하늘을 날아오르지 않는 한 더 이상 서쪽으로 갈 수 없다. 남쪽이나 북쪽으로도 갈 수 없다. 반드시 동쪽으로만 되돌아가야 한다. 하긴 어느 쪽이든 꼭 갈 일도 이유도 없이 지금 사는 곳에 머물러 있으니 아무 상관없는 일이다. 햇살에 반짝이는 운서역 지붕 위로 조각구름 몇 개 서쪽 하늘에 떠 있다. 그 옆으로 거대한 여객기가 굉음을 내며 내려앉고 있다. 아무리 사랑하는 사람이라도 같이 살지 못할 수도 있는 거야. 그러니 어쨌든 살아갈 수 있지 않겠냐고 야단치듯 빠르게 내려오는 것이었다.

쓸쓸한 연대기年代記

1968년 2월 12일. 맑고 추움

아버지는 내가 두 살 때 돌아가셨대요. 그래서 아버지 얼굴도 몰라요. 군대에서 총 맞고 돌아가셨대요. 왜 총을 맞았는지 어른들은 이야기를 해주지 않아요. 학교에서 배울 때 군인들은 전쟁이 나면 죽는 거라고 했는데, 내가 태어날 때는 육이오도 끝나고 한참이 지난 다음인데 왜 총을 맞았는지 정말 모르겠어요. 스물넷 아버지가 죽고 또 한참이 지난 다음에 어머니는 나를 데리고 개가했대요. 아주 어릴 적인데 누구인지 등에 업혀 와 푹신하고 따뜻한 요 위에 뉘어지던 기억이 나요. 지금 아버지는 한씨고 저는 김가예요. 그래서 나는 아버지가 친아버지가 아니라는 걸 알아요. 가끔 동네 아저씨들이 늬 애비는 한간데 왜 너는 김가냐고 놀리곤 하지만 이젠 많이 괜찮아요. 내년에는 의정부에 있는 중학교에 가는데 걱정이에요. 가정환경 조사서 쓸 때 보호자란에 성이 다른 아버지 이름을 써야 하거든요. 중학교에 가면 꼭 알아보고 싶은 게 있어요. 나를 낳아주신 아버지가 왜 총을 맞고 돌아가셨는지 꼭 알아보고 싶어요.

〉

지난 한 달 넘게 부산 자갈치 건너 남포동 원산면
옥에서 냉면 그릇 나르고 바닥 청소하면서 지냈다.
일하고 받은 돈은 부두에서 청해호라는 배를 타고 여
수로 갔다가 다시 열차로 돌아오는 이틀 동안 다 써
버렸다. 서울역에서 내려 명동 칼 빌딩에서 일하고 있
는 이정섭 형을 찾아갔다. "이 그지 새끼들아 창피해
죽겠다"라고 지청구를 하면서도 점심값과 목욕비를
건네주었다. 삼수인데 대학갈 요량도 없이 성현이 녀
석이랑 무전여행 겸 무작정 대구서부터 부산까지 걸
어내려 갔다가 달포 만에 돌아온 길이었다.

집에 돌아오니 영장이 떨어져 있었다. 부선망父先亡
당대 독자로 남들처럼 군대를 가지 않아도 되기에 삼
년을 벌 수 있다고 생각했는데, 직장 생활하고 뭐하
고 하다 보니 벌써 삼 년이 지난 후였다. 대학 가겠다
고 다니던 회사에 사표를 내고 벌써 네 달이 지났다.
한 달 후에 71사단 훈련소 입대! 이런 우라질! 이거
어떻게 된 거야? 육 개월 동안 지역방위를 해야 한단

다. 이모할머니 일하고 있는 이민재 총장 집에 동거인
으로 주민등록도 옮겨놨는데 어떻게 된 거야! 으아아
아 내 청춘아!

1988년 2월 12일. 아침에 눈이 왔던가?

아버지가 많이 좋지 않다. 고려대학교 혜화동 병원
입원 보름 째. 혈뇨血尿가 많이 묽어지기는 했는데, 회
진을 온 의사 선생님은 분명한 말을 해주지 않는다.
설 때 시골 다녀오시고 바로 입원을 하셨다. 당신 말
로는 한 사흘 만둣국만 드셔서 체한 것인 줄 아셨다
지만, 고된 노동일에 심신이 지쳤음은 자명하다. 입원
일주일도 되지 않아 아버지는 자주 짜증을 내신다.
괜한 간호사에게 막 욕을 해대고. 저런 분이 아니었는
데 너무 안타깝다. 면도기와 거품 한 통을 가지고 갔
더니 은근히 전동면도기 말씀을 하신다. 내가 집에서
쓰는 브라운 면도기를 보셨나 보다. 내일 당장 가져
다 드려야지.

애를 많이 보고 싶어 하시는데, 아내는 몸이 별로

좋지 않다며 면목동에서 혜화동까지 애를 업고 왕래하기를 힘들어 한다. 사실 아내는 세 살짜리 애를 병원에 데리고 다니기가 꺼림직한 속내를 내비치기도 했다. 내일은 어머니가 정릉에서 522번 버스로 면목동까지 와서 애를 업고 오겠단다. 군대 가 있는 동생녀석에게는 아버지가 아프다는 소식을 전하지 않기로 했다.

지난달에 대성리에서 전국교사협의회 단위학교 전교협회장 자격으로 서울 북부지역 선생님들과 연수를 했다. 선생님들과 많은 이야기를 했는데, 내년에 노동조합을 띄우는 '빛나는 승리파'가 되어 있었다.

1998년 2월 12일. 흐리고 찌뿌드드함

올해는 학교를 옮기게 된다. 어느새 세 번째 학교. 전보 때면 늘 그렇지만 뒤숭숭하다. 첫째 학교에서는 그냥 발령 난 것이 좋았고, 아이들과 선생님들이랑 어울리는 것을 좋아하다 보니 금방 지나갔다. 두 번째 학교의 생활도 좋았다. 특히 아이들과 좋은 기억을 많이 남겼다는 생각이다. 그러나 세 번째 정기 전보인 지금은 은근히 기대와 초조감이 있다. 변두리로만 떠돌고 있는데 기왕이면 전통을 자랑하는 명문고에서 근무하고 싶은 것은 인지상정 아니겠는가.

지금 하고 있는 전국체육교사모임 일은 무척 뿌듯한 일이다. 지지난주에 전남 장흥과 경북 상주를 순회하며 자율 연수를 잘 치렀다. 전라도나 경상도나 교사들은 모두 같다는 생각이다. 생각할수록 가슴 아리게 정겨운 인간들. 내일은 본조사무실 교과위에서 '체육교육'지 24호 편집회의를 갖기로 했다. 전체모가 잘 꾸려지면 다음 정기 전보엔 강원도로 전보내신하겠다고 공언公言했는데 공언空言이 되고 말았다. 아직 사는 것도 지리멸렬하다. 어느새 리을이가 6학년, 새하가 2학년이 된다.

2008년 2월 12일. 대체로 맑으나 옅은 황사와 함께 매우 추움

지난달 장인 어르신 돌아가시다. 기다렸다는 듯이 아내와 함께 칼바람을 맞으며 동춘호를 탔다. 자루비

노항을 지나고 훈춘 길림을 지나 백두산 천지까지 올랐다. 얼어붙어 눈에 덮인 천지에 한참을 걸어 들어가 엎드려도 보고 두 팔 벌려 만세를 부르며 누워도 보았다. 하얼빈 빙등제까지 보았는데, 도문에서 두만강 건너편을 바라보면서는 가슴이 답답했다.

지난주 어머니를 모시고 화천에서 포병으로 있는 큰애 리을이 면회 다녀왔다. 둘째 새하는 지방 대학에 겨우 등록했는데 바로 입대 휴학할 생각이란다. 어제 새벽 숭례문이 불타는 모습을 참담하게 지켜보다. 오늘 오후 두 시 베어스타운에서 김유정 탄생 100주년 기념 선포식에 다녀오다. 춘천의 교수 시인 소설가 화가들을 만나 반갑게 인사하고 인사드리다.

2019년 2월 12일. 맑고 건조하며 약한 미세먼지

지난달 대만에서 자전거를 타고 오다. 지부 일꾼 중심으로 춘천에서 자전거를 타는 선생님들 야리딩의 첫 해외 라이딩. 신덕철 이창성 김원만 금명근 최완희 이훈희 김선호 김영섭 남궁두 김성태 최용찬 변기인

12인과 함께했다. 모두 나의 자전거 멘토들이다. 허환산 3,257미터 우렁을 넘고 컨딩과 카오슝을 스쳤다. 북회귀선을 자전거로 지났다!

셋째 날 대만대학교 교수로 일하는 첫 학교 졸업생 남지우가 화리엔까지 찾아와 주었다. 뉴트리노라는 입자를 찾는 우주물리학자지만 남극 박사로 더 알려진 친구다. 김영섭 선생의 두 해 선배랍시고 저녁을 먹으라며 거액을 투척하고 사라졌는데, 어제 아라온호을 얻어 타고 장보고 기지에 도착했음을 알려왔다.

지난주 토요일, 어머니는 지금 살고 있는 1층에서 동을 바꿔 10층으로 이사를 마쳤다. 동생들과 조카 동화가 애썼다. 새하와 유리 상견례 날이었다. 두 아이가 일하고 있는 청주. 태안에서 달려온 유리 부모와 점심을 먹었다. 오랜만에 즐겁고 유쾌해 하는 아내의 모습이 한편 짠하기도 했다.

어제부터 아이들이 없는 학교로 출근이다. 교육 과

정 함께 만들기. 전국 실내 조정대회는 3월 9일 진주에서. 오두막 같은 관사 생활도 얼마 남지 않았다. 이제 봉급도 여섯 번 받으면 끝이다. 연말 정산하는 이번 달은 삼백육십만 원을 공제했다. 언제나 그랬지만 퇴직금 받을 때까지 늘 마이너스 인생이다.

필경, 처음이자 마지막일 시집을 묶을 요량이다. 그동안 쓴 시라는 것들을 들여다보고 있는 것이다. 꼴이 될지 모르겠다. 쓸쓸하다.

1부

꿈속에선 언제나 조기弔旗가 펄럭이고

불가사리의 노래

1

내 그대를
끝없이 사랑한다 하여도
우리들 애정의 무게는
불규칙 비례하는 것

내 그대를
끝없이 미워한다 하여도
우리들 미움의 무게 또한
불규칙 비례하는 것

우리가 그 무엇을 끊임없이
미워하거나 사랑한다 하여도
우리들 애증의 무게는
애오라지 불규칙 비례하는 것

2

언제든 예사로이 선잠을 열어젖히며

무거운 문고리가 덜컹이는 꿈의 나라
십이지장처럼 구부러져 보이지 않네
지나온 길바닥엔 어지러이 널려 있는
어두운 돌무지들
마디 하나 풀려날 수 없는
먹이의 사슬에 묶여
원생동물의 몸짓으로 불살라 내는
어둠은 연보랏빛 즐거움
그 꿈은 짙푸른 고통
허우적이다 무딘 촉수 끝으로
따뜻하게 만져지는
보이지 않는 내 사랑의 나라
한 줌의 내장까지 발라먹으며
꿈틀거림만으로 완성하는
푸른 자유의 보호색

3

보랏빛을 좋아하기 시작했을 때

세상은 온통 보랏빛으로 보였네
찌그러진 돌기만 남은 청맹과니로
사랑의 나라에 힘겹게 당도했을 때
세상은 연보랏빛으로 가득 찼었네
수백 마리의 참새 떼로 날아오르는
오늘의 차디찬 환희로
온몸에서 싱싱하게 붉어져 나오던
푸른 불가사리 떼
그러나 완전한 보호색으로
꿈이면 꿈마다 변신하는 몸뚱어리로는
내 사랑의 나라
문을 열 수 없네
문을 열 수 없네

산山사람

어깨너머로 어둠을 벗겨 내리며
삭정이 꺾이듯 무표정한
산 그림자
비탈진 하늘로 채워진 깊은 골짜기
산 산맥을 지우며
밀려들어 오는 비안개
벌목伐木한 산비탈 아무데서나
가지 잘린 채 쓰러져 수액을 뿌리는
생나무들

자진모리에서 휘몰이로 후드기는
세찬 빗줄기
짙은 비안개를 몰고 시야 가득
앞산의 숨 가쁨으로 몰려오고
가슴 속에선 퍼석이는 허기
마른 울음으로 생나무 지피며
하산을 기다리는 험한 사내
삭정이로 화하는 날갯죽지

거듭 꺾어 빗속에 던진다

2
산이 검푸른 꿈으로 뒤척이며
아직 깊이 잠들어 있을 때
감지할 수 없는 길이의
미래의 날개를 퍼덕이며 그대는
무엇을 향하여
오금이 저리도록 정확하게
번뜩이는 동경의 창을 던지는가

골짜기가 깊고 짐승들이 사나울수록
강해져 가는 위험한 사내
벼랑을 오르내리는 일상에서
한 마리 산짐승이 되어
산을 지킨다

숲 속 한 낮의 열기가

뱀 떼 마냥 우글거리는 이 산중에서
살아남기 위해 어둠과 습한 대지와
끝없이 타협하는 삶이
자유롭다
공교롭게도 자유롭다

다시
정상으로부터 꿈을 여는
산 그림자를 비껴가는 위험한 사내
그대는 어떤 운명의
치명적인 사슬에 묶여
본능의 꿈틀거림만으로 산중을 떠돌며
선창先槍잡이의 완전한 표정으로
생의 또 다른 어둠을 겨누는가

3
산국山菊은 피어 흐드러졌으되
아직 서리는 오지 않고

산등성이 위로 떠다니는 건
아무데서나 모여 노래하다 죽어간 새들의 깃털
마른 풀 풀썩이며 꺾인 날갯죽지 휘저어
휘저어 살아남을 이 산속에
바람 한 올 방향을 가리키지 않고 정지해 있다
잡목 숲의 정적이
초저녁 앞산을 넘어간 뒤
한 움큼 구름이 스쳐가는 고요
겨울을 향해 돌아눕는 산
가슴패기 뒤집힌 짐승이나 쫓는
마땅치 않은 표현과 같은 삶

4

타는 것도 끓는 것도 솟아오르는 것도
흐르는 것 쓸려 헤맬 일 아무것도 없이
첩첩이 겨울을 견디는 빈 산
무심하게 떠도는 안개를 거두며
새들이 날아오른다

눈 덮인 산비탈 곳곳엔
발자국을 들킨 짐승들의
선명한 불안이 옹기종기 모여 있다

덫을 사용하는 법을 배운 이후
온갖 방법이 적당치 않은 삶
아무리 도끼를 휘둘러도
쪼개지지 않는 생나무의 굳은 옹이처럼
견고한 일상의 돌쩌귀

덫에 걸린 사나운 짐승의 목을 비틀며
비릿한 피 냄새에 취하는
험한 사내의 어깨 위에
다시 눈송이가 쌓여가고
산기슭 버려진 함정에 또 다른
튼튼한 사람의 그림자 하나
쓰러진 채 허물어져 가고 있다
〉

5

양지 쪽 보송보송한 풀숲을 헤집고
새순이 움트고 있다 산속에 갇힌 채
봄을 맞으며 아직 솟아오르지 못하는 새들이
진달래가 지천으로 흐드러진 산자락으로
푸드득 푸드득 날아드는데
매운 연기만 풀풀거리는 섶 사냥터에서 돌아와
가슴 속 사립문을
삐걱 닫는 험한 사내

가시덤불과 바위의 그루터기로 이루어진
험한 일상에서
무딘 발바닥과 튼튼한 심장 질긴
아킬레스건을 가지지 못한 죄로
언제나 두리번거리며 덫을 놓는
뒤가 불안한 짐승이다

하늘코 지게코에 채이고
통방이 덫틀에 깔릴 사나운 짐승아

사슬이여 슬픈 꿈이여
네가 내 어깻죽지를 물어뜯기 전에
네 가슴을 찔러야 한다

다른 짐승의 등 뒤에서나 창을 겨누고
어느 비탈이든 숨어들어야만 안심이 되는 비겁한
습성으로
이젠 노린내를 풍기는 삶

차가운 안개가 꽃가루처럼 내리는
한밤중
벼락틀 무너져 내리는 소리

산山불과 꿈

지금은 잠들어 꿈속인가
꿈을 꾸게 되면
죄를 부르는 짐승으로 화하는 꿈속인가

불길하기만 한 꿈길에 취해
끌리듯 들어와 갇힌 이 산중에
사람은 아무도 살지 않고
어둠 속으로 거친 짐승들의 웅성거림만
살아 움직이고 있다

한밤중 불붙어 타오르는 산
무수히 일어서는 불길이
가파른 등줄기를 훑어 올라가도
꿈쩍도 하지 않으며
겨우내 메마를 대로 메말라
앙상한 꿈 조각들만 모여 있는 가슴을
한꺼번에 불 살려내는
무슨 뒷전을 벌이고 있는가
〉

겹쳐 번지는 불더미 한가운데에서
훤하게 타오르는 붉은 절망을
저렇게 무더기로 사르어 내려면
얼마나 많은 험한 꿈들을
보듬어 안아야 하는가

몹쓸 푸닥거리에 씌운 듯
거센 불길 속에서도
화염과 함께 살아 오르는 그대
그 질긴 목숨은
또 다른 어떤 불같은 꿈을
뜨겁게 살아가려 하는가
꿈꾸기 위해 내 목숨과 함께
네 목숨을 활활 불사르고 싶구나

산중별곡山中別曲

나뭇잎 풀잎마다 무리지어
찬란한 꽃잎들을 떨구며
잡목 숲으로 햇살이 스미고 있다
끝없이 이어지는 산길
아득한 산 빛에 취하며
연보랏빛 들국화는 피고 있는데

이 산속에선 새가 울지 않는다
다른 짐승들도 겹겹이 다가드는 한기 속에
불안한 발자국들만 남기고
벼랑으로 스며들고 있다

어느 곳에서든 궁색하지 않고
비겁하지 않게 살아남기는 힘이 들었다
꿈길처럼 이어지는 산행에서
우리는 어느 곳으로 하산해야 하는가

인간의 숲을 지나
다시 우리가 다다를 곳은

또 다른 인간의 소금밭

이 산속의 나무 한그루
그루터기 하나의 바위로도 남지 못할
아련한 인생살이
모질게라도 살아남기 위해
흔들렸다 거침없이 흔들리며
거듭 쓰러지는 몸뚱어릴
구차하게 지탱해야 했다

도대체 가늠을 수 없는
깊은 산 캄캄한 잠 속의
매양 벌거벗은 꿈
속절없는 기다림과 같이 꿈속에선
언제나 조기弔旗가 펄럭이고 그
꿈에서 깨어나면 다시 잃어버린
꿈을 추모하는 조기를
문 밖에 한없이 펄럭이게 하여야 했다
〉

지나온 길섶에 무심히
쓰러져 있던 비석처럼,
산중에 내동댕이쳐져 밤이면
들어앉을 꿈자리나 쫓으며
회귀본능으로 꿈틀거리는
사나운 짐승으로, 그래도
꿈꾸기 위해선 깨어 있어야 하는데

카멜레온의 등가죽처럼 변해가는
가을날의 산등성이에서
우리가 기다리는 것은 무엇일까
모든 죽어가는 것들을 끌어안고
카랑카랑한 산울림으로 호곡하는
이 산중에서
끝끝내 벗어나지 못한
어떤 꿈을 흘려보내며
첩첩산중 돌아오지 못할 바람으로
결국 떠나야만 하는가
〉

하여
꿈꾼다는 것은 산다는 것의
어떤 모습을 시들지 않게 하는 것인가

아리랑별곡別曲

1

무너져 흘러야 하리
농익은 과일처럼 문드러져야 하리
무너지고 문드러져 흘러 스며야 하리
무너지고 문드러져야 겨우 드러나는
상앗빛 문을 지나
그 꿈속에까지 흘러 스며야 하리
그렇게 무너져 흘러 스미도록
문드러져 빛나야 하리
마지막 남은 골수를 삭히고
그 뼈들은 푸르게 태우며
무너져 쏟아지는 고통의 폭포가 되리
저 산이 무너져
문드러지는 노래가 되리

2

우리가 흘려보내는 강물 위로 흰 새 한 마리 낮게
스치고 있다. 눈늪나루 쪽으로 밀리는 안개를 따라

강기슭에서 파닥이는 또 다른 새 떼들. 우리가 건널 수 있으리라 믿었던 저 검푸르기만 한 강은 끝끝내 강을 건너지 못한 어떤 목숨들의 숨죽인 시공을 흐르는가. 그 미망의 순간마다 무심히 찾아드는 노랫가락.

몇 걸음 다가서면
그만큼 더 멀어가는
산

저 강폭만큼 마주하여 서로의 발끝만 마주 보다가 푸르른 일렁임으로 다가와 이윽고 뒤엉킨 강물이 되어 흐르는 산.

몇 걸음 오르다 보면
오른 만큼 무너져 내리는
산
〉

3

장지문이 허옇게 밝아오는 새벽
아직 불씨가 남아 있는
아궁이 재를 드르륵 긁어낼 때
가슴에 불씨처럼 살아 반짝이는 것은

문을 열면 안개 숲
언뜻 젖은 머리카락 쓸어 올리며
반투명 목숨으로 다가오는
미지의 흐린 발자국 소리는

무심한 산길에서도
들판을 가로질러 강변에 닿았을 때에도
시린 얼굴 끝으로 와 닿는 것은

저 강폭만큼 마주한 우리의 사랑은 강물 따라 덩
달아 흐르는가. 세찬 물살을 거스르며 허우적이는가.
강기슭으로 날아드는 무심한 새들과 함께 어우러지
며 찾아드는 잠. 그 나른한 잠의 터널 속으로 휘감아

지나는 바람. 달겨드는 아리디아린 사랑. 와락 솟구치고야 마는 내 사랑의 울음이 둥둥 떠간다. 저 산을 두고 굽이굽이 몸서리치는 내 사랑이 떠간다.

그 달빛 아득했느니

남서능 끄트머리에서 시작하여
겨우 동북 주능으로 붙었을 때
이미 거리를 잴 수 없는 어둠의 저편
길이 보이지 않는다
한 발자국 앞의 침침한 시선마저도
불연속적인 새소리와 함께 푸득인다

허기와 함께 달라붙는
거친 어둠의 숨소리 끝없이
달빛을 밀어내며 달빛이 질 때까지
또 다른 어둠에 접목되는 산
그의 허리 갑자기 움틀거리는
본능

어떤 짐승이 능선을 타거나
상봉에서 상상봉으로 오르는가
인간 아닌 어떤 짐승이
이 산의 정상에서
자신의 모습을 거침없이 드러내는가

피투성이로 절룩이며 끌고 온
쫓기는 꿈을 계산 없이 드러내는가

뻘뻘거리며 원시림을 뚫고 나오다
문득 마주치던 몇 기의 돌무덤
산맥을 끌고 가는 별무리
부서지는 달빛 따라 꿈길처럼 이어지는
야간 산행의 한복판 이 산의 정상에서
주검과 함께 나란히 누이고 온
그들의 꿈을 흘려보낸다

누구일까 분명 이 산중에서
남과 북을 오가던 파르티잔이었을
이 무덤의 주인들
무슨 상관이랴, 내 땅
이 산맥에 묻혀 썩어버린
이루어지지 못한 꿈인 걸
한갓 꿈인 걸
〉

그때 이 산릉의 정상에서
당신들이 마주친 달빛도
아득했으리라 아득했느니

숲으로 간 소년

깍지를 툭툭 터뜨리는 도둑놈지팡이 풀을 흔들며 아우가 풀숲으로 들어선다. 위험하다! 마른 풀대궁 꺾이는 소리를 휘저으며 한 올의 바람이 아우의 손목을 휘감는다. 아우가 멈추어 선 순간 우수수 나뭇잎을 털어내는 키 큰 상수리나무. 쐐기풀 색깔로 물든 낮은 새소리가 들려온다. 문득 아우가 보이지 않는다. 위험하다! 산등성이로부터 석양夕陽을 배경背景으로 새 떼가 날아오르고, 잠시 조용하던 풀숲으로 빠르게 달아나는 작은 짐승의 발자국 소리. 위험하다! 상수리나무 밑에 아우가 떨어뜨린 동화책이 펼쳐진 채 놓여 있다.

스물여덟 쪽 열한째 줄엔?

고무신과 자전거와 소년

아우야
너는 그때 넘어져
울고 있었단다 엎어진
꽃무늬 고무신 한 짝을 가리키며

아우가 타고 놀던 자전거가 풀밭에 쓰러져 있습니다. 자전거와 함께 쓰러진 아우는 보이지 않고, 쓰러짐만을 부둥켜안고 쓰러져 있는 자전거 주위로 하얀 나비 한 마리 훨훨 날아다니고 있습니다.

아우야
너는 그때 냇가에서
울고 있었단다 냇물에 떠내려간
빛바랜 꽃무늬 고무신 한 짝을 찾으며

아우가 타고 놀던 자전거가 무심하게 풀밭에 쓰러져 있습니다. 자전거와 함께 쓰러진 아우는 보이지 않고, 그 옆에 아우의 빛바랜 꽃무늬 고무신 한 짝도 무심하게 엎어져 있습니다.
　〉

64

아우야
너는 그때 내 등 위에서
쌔근쌔근 잠들어 있었단다.
쓰러짐도 없이 잃어버림도 없이

굴렁쇠와 소년

아우는
추운 도시의 뒷골목에
마른 나뭇가지처럼 내동댕이쳐져
자꾸자꾸 쓰러짐에 익숙한
굴렁쇠를 굴린다

잿빛 호숫가엔 표박漂泊하는 바람들이 걸어 다니고,
안개를 털며 일어선 산, 산맥 밖으로 떠나는데 우리
도 실성한 가슴으로 강변을 헤매야 할까. 한 발자국
도 물러서지 않는 한기寒氣를 비껴갈 순 없을까. 참으
면 참을수록 내부로 파고드는, 상상傷한 짐승의 울부짖
음으로 바뀌고야 마는, 저 호곡號哭을 묻고 또 묻으면,
결국 우리의 가슴은 황폐荒廢해져 심장의 뚝딱거리는
소리마저 독毒을 품게 되지 않을까.

가거라
오늘을 사는 눈물로 따스함 없이
시려운 얼굴 끝으로
자꾸자꾸 쓰러짐에 익숙한 굴렁쇠

오늘도 아우는
혼자 사는 방으로
쇳소리를 내며 굴리고 들어온다

입춘立春

그대가 떠날 때
떠날 듯한 몸짓이 없었던 것처럼
철 이른 바람이 강폭을 건넌다

강물 위를 서걱이며 흐르는
해빙기의 투명한 빙편들
체온만으론 살아남을 수 없었지
이리저리 몰리다 아무데서나
결빙하던 우리들의 사랑

저무는 들판 잔설처럼 떠도는 세월
이 적막강산에
그대와의 거리는
몇 킬로미터의 외로움으로 이어진
진창길인가
내 흐린 시선은 속절없이
그대에게 끝닿아 있는데

그대가 떠날 때

떠날 듯한 몸짓이 없었던 것처럼
철 이른 바람이 강폭을 건넌다

화석化石을 보며

어느 시대엔 빗방울도
화석이 되었다 하찮은 미물들과 풀잎도
모든 것이 화석이 되어 되살아나는
화석시대

푸른 도마뱀 떼와 아직 철없는
공룡의 새끼들이 하늘을 우러르며
목마르게 비를 기다리던 이 땅은
거대 공룡의 이빨로 다스려지던 대지

시간의 퇴적 속에
지질시대의 지층이 어울려 꿈틀거리는
이 땅에 비가 내린다
다시 진흙 구덩이에도 빗방울은 튀고
암류하는 지층에서 튕겨져 나온
다른 화석들도 비에 젖는데

만져보면 한 줌의 흙도
화석화한 시대의 가난한 심장

이 땅의 어떤 모습들이
또 다른 화석이 되어 남을까
시간의 사슬을 풀고
되살아나는 시詩가 될까

서부전선西部戰線 이상 없다

1

흙먼지 폭폭 일어나는 설마치峙
작은 지프 하나 빠르게 오르고 있다
저기 연무에 잠긴 마을
지금 연기 오르는 굴뚝
헬리콥터의 굉음이 사라지기 전
먼 사격장의 연속적인 총성
갈아엎은 논바닥 기어가는 개미
모두에게 눈 흘기고 눈 흘기며
혼자서 가는 서부전선
아직은 이상 없는데

엉겅퀴 지천으로 돋아나는 산비탈
이국 병사들의 낯선 무덤
그렇구나
돌아오지 않는 다리와
돌아가지도 못 하는 다리가 공유한
한정된 자유만이 허락된 이 땅에서
우리는 용케도 버티며 살아왔구나
〉

얼핏 낙조를 받고 반짝이는
임진강. 빈 들판으로 불어오는
수상한 바람

2

강안江岸에서 피어오르는 저녁 안개를 밀며 한 줄기
먼 포성이 불안하게 허물어지고 있다. 고개를 돌리면
고정되는 시선의 바깥 움직일 줄 모르는 노을 속 초
병의 반짝이는 헬멧. 흐린 지평을 열며 강물은 가물가
물 속절없이 흐르는데

능선을 따라 칙칙한 몸뚱일 뒤틀고 있는
저 튼튼한 철책은
녹슬지 않는 묵시의 사슬 절렁이며
우리의 가슴에
어떻게 닫혀 있는 사립문인가

동틀 녘 무수히 일어서던

붉고 푸르른 깃발들을 위장한 채
어느 곳으로 교묘하게 스며들어
신화의 허기진 공복을 채우며
험한 꿈에 뒤채이는가

헐거운 빗장으로
돌아오지 않는 아들의 늦은 귀가를 염려하시던 어
머니
무수히 그 기다림을 외면했습니다

3

수상하다 어유지리. 유년기 지형을 흐르는 이 강 절
벽 어디쯤에선가 부엉이의 웅얼거림. 빠른 물살 속으
로 깨어져 나가는 빙편의 둥탕거림과 함께 앙칼진 대
남 방송이 들려온다.

수상하다 어유지리. 어디쯤일까. 누군가 이 시간 무
수한 살을 꽂고 있다. 기슭으로부터 솟아올라 강폭을

가로지르는 물새 떼의 후미를 달라붙으며 강기슭을 뒤흔드는 한 발의 총성. 이후 이윽고 단순한 물소리 바람소리. 강둑을 따라 어지럽게 허물어져 가는 무개 호 위를 쏜살같이 횡단하여 둔덕 밑으로 사라지는 족 제비.

　수상하다 어유지리. 당포나루 쪽으로 완전 군장한 병사들이 흐르는 강물을 따라 소리 없이 움직이고 있다. 잠시 후 혁명의 깃발…… 미제국주의…… 압제의 사슬…… 끊임없이 들려오는 저 소음을 벗어나려면? 어유지리. 겨울 물새들은 알을 품지 않는다.

성북동 국숫집에서

차고 맑은 날 성북동에서
시를 쓰는 이들과 백석을 이야기하며
이태준 생가를 나와 국숫집으로 간다
삶은 문어와 양지머리 수육
맑은 술 몇 잔 매운 겉절이가 붉다

미시령을 넘어와 아야진 앞바다 혹은
학사평을 지나 외옹치로 빠져나가는 바람
그 근원을 궁금해 하는 것이 같았다
문득 부드러운 국수 가닥이
울컥 목울대에 걸릴 때 보았다

만주나 시베리아에서 시작되었겠지
어쩌면 개마고원을 떠나온 바람이
아리랑고개를 넘어와 하필
마주 앉은 성북동에서
잠시 머문다는 것을

국수 그릇을 앞에 놓고

마주 앉았을 뿐인데
시를 쓴다는 것이
무슨 생애들이 이다지 뜨거우냐

아내가 아팠다

나이가 들어가니 어쩔 수 없는 것이다
철없는 애들은 속을 썩이고
먼 곳에 나가 있는 남편이
얄밉고 야속했을 것이다
병원 진료를 받고 작은 몇 개의
자궁근종을 제거해 내는 과정에서
별의별 생각을 다 했을 것이다
아프고 힘든 기색을 보이기도 어려운 일이나
엄살이라도 떨어보지 그랬냐고 흰소리를 해댔지만
옆에 있어주지 못한 것이 너무 미안했다
차라리 내가 대신 아팠으면 하는 것이
가까운 사람이 힘들어하는 것을
속수무책으로 지켜보는 것 아니겠는가
어쨌든 몸이 아플 때에는
사소한 것에도 서글프고 야속한 것이야
어쩔 수 없는 일 아니겠는가
끄트머리로 치닫는 좋은 계절 앞에서
모든 것이 쓸쓸하고 속절없었을 것이다
며칠 동안 아팠던 아내는

다시 아침 점심 저녁으로 안부를 묻는다
다시 일상으로 돌아온 것이다
사는 게 다 그렇고 그런 것이다

장천 블루스

미시령을 넘어 학사평을 내달려 온 바람은
영랑호를 건너 영금정에서 거친 파도를 만났다
황철봉을 넘고 달마봉 줄기를 타넘은 바람은
청대산을 뒤흔들어 놓고 외옹치에 틀어박히곤 했다
그렇게 동쪽으로만 내몰리던 바람이 방향을 틀어
먼 바다의 꿈틀거리는 쪽빛 너울을 싣고
설악동 지나 화채봉으로 오르기 시작하면서
폭설이 내리고 장천 마을도 눈에 덮였다
눈이 내리기 전에는 목우재도 진전사 터에도
바람의 불인지 불의 바람인지가 휩쓸면서
산불을 낙산사 앞까지 끌고 가기도 했다
이제 눈이 녹을 때까지 산불 걱정은 끝이다
그런 겨울밤 새치를 구워놓고
맑은 술을 따르면 바람의 처음이 궁금했다
바람은 불어도 그냥 부는 것이 아닌 것이나
다른 것들은 무엇인지도 모르는 것들과 더불어
그냥 오고 가는 것이라는 생각을 해보기도 했다

가을 편지

개마고원의 친구들을 스쳐 지나온 것도 한 보름에서 한 달 쯤 되었겠다. 순환과 운행의 법칙을 스스로 거스르지 않는 그의 이름은 천자만홍이라거나 만산홍엽으로 불리겠다. 노추산의 오장폭포 물줄기는 많이 가늘어져 있겠다. 구미정도 맞은편 뼁대와 더불어 타오르기 시작하는 강물과 함께 여전히 홀로 쓸쓸할 것이다. 왕산에서 임계를 지나 황지로 이어지는 35번 국도 바라보기조차 눈물겨운 외딴 집들을 생각한다. 한밤중 달빛에 취하고 그리움에 취해 불도 밝히지 않고 깨어 있을 누군가를 생각한다. 북방의 바람은 귀때기청 옆으로 비끼며 한계령 은비령 구룡령을 넘고 진고개를 건너뛰면서 황병산을 비껴 삼정평에서 잠시 쉬어갈까. 곤신봉 매봉 선자령을 지나 대관령의 성황당을 기웃거릴까. 발왕산 가리왕산을 들려 안반데기 쯤에서 무뎌진 호곡의 칼날을 다시 세우지 않을까. 나는 밤이면 밤마다 꿈이면 꿈마다 산중을 떠돌며 날지 못하고 그악그악 우짖는 새들의 소리를 듣는다. 바람을 가르며 대간의 등줄기를 타고 넘나들거나 강문 앞바다를 배회하는 달빛 속에서 어쩔 줄 몰라 한다.

슬픈 이름

오래된 먼 아주 먼 곳
별에서 왔습니다
지금은 가까운 곳에 있습니다

당도한 곳
바로 이곳 지금
지구별에서는
어느 곳에서건 늘 슬픕니다
이 별에서 슬픔은 참 참기 어렵네요

내 이름은 평화
화산섬에서는 구럼비 바위라는
이름을 얻기도 했는데
이름이 지워지고 있습니다

이 별의 한쪽
참 슬픈 날들만 넘쳐납니다
3·8. 4·3. 4·19. 5·18. 4·16
삼백예순날 지워지는 이름이 되어

눈물까지 거세되고 있습니다

평화를 빕니다

낙화 落花

고맙다 사월아
한껏 부풀어 온 세상
그토록 자지러지더니
아무데서나 산불로 타오르더니
난분분하더니
찬비에 촉촉이 젖더니
잔인하고 서럽더니
초록 앞에서
저만치 기다리는
오월 앞에서
이제는
나가떨어지는구나

2부

초저녁 추운 기다림의 그림자

세월교洗月橋를 찾아서

콧구멍 다리 위를
구국의 강철 콧구멍 코끼리 콧구멍
콧구멍 다리 위를 지날 때
물 흐르는 소리를 들었다

자동차 안으로도 물이 스미는 듯
술에 젖는 듯 아득하였다
그의 이야기 속에 나오는
찻집 그 나무 테라스
취한 오렌지색 외등 불빛
쏟아져 내리는 별무리

강 건너 달리는
자동차 헤드라이트 불빛은
별빛보다 작았다 강둑 밑에선
아직 잠들지 못한
오리들이 수런대고 있었다

흐를수록 아득한 사랑이

흐를수록 캄캄하게 짙어지는 눈물이
물안개에 젖으며 어둠 속으로
구멍이 숭숭 뚫린 세월교
콧구멍 다리는 흐르고 있었다

춘천별곡 春川別曲

대합실 유리창에 서린
초저녁 추운 기다림의 그림자들이
시린 발을 구르고 있다
시간을 거슬러 기다림의 사슬을
풀 수 없는 일임을 잘 알고 있었지만
열차를 기다리는 동안
우리가 기다리는 열차는 오지 않았다
처음인 듯 골방을 빠져나와
안개 자욱한 이 도시의 뒷골목에서
대포 한 잔과 초두부 몇 순갈에
가슴은 마냥 뜨거워지는데
문득 왜 이렇게 살아야 하느냐고
몸을 떨며 창밖을 보지만
엄연하게 살아온
부끄러운 삶을 끌고 드디어
기다리던 열차는 덜컹이며 다가오는데
사람이 산다는 모습이란
기다림의 어떤 모습이 그림자로 다가와
꿈속을 헤매듯 또 다른

기다림의 그림자를 끌고 들어가는 것을
안타깝게 지켜보는 것일까
짙은 안개 속으로 사람들이 떠나고
우리가 기다리던 열차도 떠났다
우리는 무엇을 떠나보내고
다시 무엇을 기다리며
이렇게 허물어져 가야 하는가
하여 우리들 산다는 모습이란
기다림의 어떤 모습을 산다는 것인가

공무도하가公無渡河歌 외전外傳

흥 저 강물 건너지 마셔요
매달렸잖아요 바람 불었잖아요
언 강물 다 풀려도 안갑니다
강 건너 그대에게
바람 불어도 미치게 물빛 좋아도

물빛 바람 강폭을 건너
강 건너 그대에게 닿아도
저 강물
건너지 않을 겁니다
결코 다가가지 않을 겁니다

그대 기어이 저 강물 건넌 후
잔인하게 봄 오고
서럽게 꽃 피고지고 피고 질 때
석삼년 천년만년 홀쩍
온전히 울고불고 딱 그만큼
히죽삐죽 백수광부로 살았으니
〉

타하이사墮河而死 당내공하當奈公何

그대 흐르는 강물 거슬러

되돌아올 일 없을 터이므로 흥

깊어가는 강江

흐르고 흐르다 멈추어
고이며 깊어가는 강물이다
댐에 막힌 강물에 허벅지를 담근
삼악산이 저기 서 있다
노을을 배경으로 산 그림자들
다 담아낸 강물이
깊이를 더하며 일렁이는데
이윽고 어두워 가는 삼악산 너머로
고슴도치 섬에서부터 떠내려왔을
달그림자 중도를 지나고
붕어 섬을 빠져나와
깊어가는 강물 위에 반짝이는데
강마을에서는 거위며 닭이 울고
개들이 짖어대는 소리들이
점점 잦아드는 한밤중
잠시 모든 것들의 운행과 순환이
멈추는 시간이 찾아오는 것이다
깊은 강물에 잠겨드는
삼악산 마루의 잔설들도

총총한 별들과 함께 빛나는 것이다
그렇게 밤이 깊어 가면
이미 깊은 저 강물들도
더 깊이 잠들 수 있을까
강물처럼 흐르다 멈추는
다른 것들도 깊어 갈 수 있을까
깊을 만큼 깊은 것들의 깊이가
어디쯤일까 궁금해지기도 하는
봄내 송암리 강가에서
정말 봄이 오고 있는 것일까도
가만히 생각해 보는 것이다

중도中島의 꿈

실성한 바람으로
안개 숲을 떠돌다가
미망迷妄의 새벽
전신이 뒤틀리는 꿈을 꾸는
섬

까마귀 떼 요란하게 내리는
해거름의 거뭇거뭇한 들판
뼈만 남은 그림자로 누워
순간의 즐거움에 이어서 다가오고야 마는
슬픔을 어루만지고 있을 수만은 없다

오늘의 소리 감춤으로
완성되어질 수 없는 내일이라면
꿈꾸지 않고 숨 쉴 수 있는
내장을 다오
꿈꾸지 않고 숨 쉴 수 있는
정직함을 다오

안개 소묘素描

중도 저쪽으로부터 사람을 가득 실은 나룻배가 짙은 안개 속을 헤엄쳐 온다. 물결 출렁이는 리듬과 함께 안개가 호숫가를 가만히 흔든다. 산은 산을 업고 산맥은 산맥을 끌고 강줄기 따라 서쪽으로 내려간다. 안개는 속절없이 걷힐 줄 모른다. 크게 자란 포플러 나무 여린 줄기를 감싸며 기슭으로 피어오르는 안개. 반투명 꿈으로 어우러져 일체의 사물은 잔상으로 구축된다. 몇 마리 새가 떨어지듯 안개 속으로 잠긴다. 냉랭한 공허를 움켜쥐며 치유되지 않는 불감증으로 내려서는 안개바다. 하산한 안개. 호숫가에 엎드려 추운 꽃잎들을 줍고 있다.

안개의 생애

이 호숫가 도시에서는 결국 모든 생애를 완벽하게
지워야 한다 너는 나에게 온통 한 세상이었으나 세월
속에 얽어매었던 결박을 풀고 이미 찾아왔던 미래를
버리고 너는 분명하게 떠나가고 있으니 생사의 중력
을 버리고 힘겨운 힘도 버리고 깃털처럼 가벼워지는
안개 속에서 더 이상 두리번거리거나 그 어떤 의문도
품지 말아야 한다 나는 너에게 희미한 풍경이 되었을
뿐 더 이상 배후가 될 수 없는 흐린 배경이 되어 소멸
하고 있으니 길고도 짧았던 기다림의 생애가 문득 하
찮게 지워지고 있으니 너 없는 일상을 눈물 없이도
살아가도록 완전무결하게 지워야 하는 것이다

안개 속으로

그대가 내 안에 들어와 가득함을 문득 알아차렸을 때 모든 길들이 사라지고 있었다 드디어 혼자 눈뜨는 아침마다 온통 세상이 안개에 휩싸이는 오랜 기다림의 시간이 당도한 것이다 그날의 새벽 강가에서 시작되었으나 이미 허공을 짚은 그리움들은 안개처럼 그 심연으로부터 눈물을 감추고 밀려들어 오는 것이다 알아차리지 못하도록 등 뒤에서부터 숭숭 가슴을 뚫고 오는 것이다 심장은 서늘하게 녹아내리고 이마를 적시는 안개가 눈물을 대신할 것이다 그 모든 것들이 정녕 아무 상관없을 것이다 그러므로 사랑이여 그대에게 다시는 다가갈 수 없도록 이제 나를 저 안개의 심연에 아무렇지도 않게 유폐시켜다오

안개에 젖어

너는 강변 둑길 풀잎으로 젖어 온다 봉의산 가는 길이나 번개시장을 향하는 강가의 몇 그루 나무들도 지워지고 강물 위를 스치는 새 떼들이 몇 번 안개 속 허공으로 곤두박질치다가 또 다른 허공을 짚으며 사라져 간다

먹먹하기만 한 나날들 기억들과 약속과 미래를 하얗게 지우며 안개 속 강물로 출렁이며 온다 비로소 강가의 눈물에서 벗어나 아픔이나 절망을 그대로 놓아두고 돌아눕듯 그대로 두고 바라보기만 한다

마지막 꽃잎들이 지고 마른 잎들이 하얗게 안개에 젖는다 눈물과 그리움 기다림과 처연함 따위들이 소멸되어 사라진 길을 안개에 젖어 걸어오고 있다

세상의 모든 길들이 지워지면 바라보며 기대할 것 없는 것들을 지우며 바라만 보고 기다려야만 하는 사물이 되어 안개 속으로 지워져 간다

안개는 매일 죽는다

머물러 있는 생에
더 이상 안심할 수 없으므로
매일 다른 모습으로
떠날 수밖에 없는 것이다
매일 다른 이름으로
완벽하게 소멸되는 것이다
꽃 피어나던 시절의 속박을
꽃 진 자리의 의문을
중력을 거스르는 힘들을
비우고 버려야 할 것들을
지우고 비워내는 것이다
그동안 너는 온 세상
잔상으로 가득 차는 것이다
그러면 다시
세상의 모든 길들이 사라지고
생애의 열망이 소멸되는 것이다

안개가 말했다

너를 지우는 시간은 그렇게 느닷없이
밤을 새워 속삭이던 목소리를 지우며 오는 거야
시들어 버린 이야기들의 어둠을 밀어내고
강가의 꽃잎들을 차갑게 덮으며
세심하고도 조심스럽게 다가오는 거야
그렇게 너는 여리고 바튼 기침 소리로
끝 간 데 없이 멀어져 가는 거야

그동안 굽이치며 휘돌아 온 시간들은
분간 없이 흘러가는 흐린 강물이 되고
한 생애가 되어 허공을 짚고 허방을 딛는 거야
돌아온 강가에 머물고 있던
한 생애의 의문이 지워지고 운명이 지워지는 거야

투명하고 맑은 것들과 선명하고 푸른 것들이
남김없이 지워지는 거야
마지막 남은 불씨가 사위어 가듯
비워낸 절정의 열망이 지워지면
기다려 왔던 기다림이 옅어지며 짙어져 가는 거야
〉

있잖아 이제 그만
허공을 딛고 일어서는 이야기들을 버려야 해
허방을 딛고 비틀거리는 눈물을 거두어야 해
차가운 안개가 눈물을 대신해 줄 거야
지나온 길이 눈썹 가까이에 닿아 지워지면
가지 않은 저기 희미하게 남아 있는
지워지고 있는 길을 다시 찾아나서는 거야

안개의 몰락沒落

　남춘천역에서 당신을 기다렸다 안개 자욱한 개찰
구 저쪽 플랫폼 선로 위 손바닥만 한 개똥지빠귀가
끼요로오 끼요로오 울고 있었다

　강물이 소리 없이 흐르는 것이야
　그리움 때문이지만
　사시장철 강변에서
　안개에 젖는 것은 무모하여라
　몰락하는 사랑이여
　삼악산 너머 히말라야에 닿을 수 있다는
　희망만큼만 안개에 젖어
　안개가 된들 안개 속으로
　사라지는 것들은 얼마나 아름다우냐

　빛바랜 노란 알루미늄 냄비에서 라면이 끓고 있었
다 이런 김치가 없군 아무렴 어때 스테인리스 젓가락
으로 면발을 들어 올리듯 잘 가 안개에 젖은 손 흔들
며 연초록 티셔츠 앞섶 속살까지 안개에 젖어 마지막
열차를 타고 당신은 떠났다

안개의 닻

　나 이제 삼악산 너머 히말라야에 가지 않아도 억울
하지 않아 내 생이 떠밀려진다 해도 튕겨져 나간다 해
도 상관없어 내가 닿고 싶었던 그곳에 그대 이미 닿
았으므로. 기꺼이 머물러 있는 내 생이 환하므로 그렇
게 안개 자욱한 곳이면 어디라도 상관없는 거야 깊은
강에 안개의 닻을 내리고 있는 것인지도 모르는 일이
었지 무심하게 흐르다 보니 안개의 닻줄에 묶인 것이
었지 그대 당도했던 곳에서부터 다시 돌아와 당도할
때까지 머무는 것이지 기다리고 기다리는 일은 일도
아니지 닻이 없으면 배도 아니지 그동안 닻이 아닌
닻줄에만 관심이 있었지 언제든 줄을 감으면 닻을 들
어 올릴 수 있는 줄 알았지 줄이 풀릴 줄 몰랐지 아무
렴 어때 이제 닻줄을 아예 끊어버려야 할 시간인지도
모르지 그대와 아무 상관없는 일이지

춘천에 내리는 눈

시외버스터미널에서 첫차를 탄다. 버스는 양수리를 지나 46번 국도를 내달린다. 청평을 지나면서 눈발이 날리기 시작한다. 가평을 지나고 경강 지나 삼악산 자락. 온 산을 덮는 눈. 강물 위에도 눈이 내린다. 눈. 눈. 눈송이. 온 세상을 뒤덮으며 아득히 날리는 눈. 눈. 눈물. 끝없이 길들이 사라지고 지워지는 길 위로 어김없이 또 다른 길들이 나타난다.

눈 내리는 우물가에서 우물 속을 들여다보는 어린 내가 보인다. 우물에 눈꽃송이들이 떨어진다. 우물 위의 동네나 우물 아래 들판 온통 눈. 눈. 눈발이다. 검은 우물 속으로 도무지 셀 수도 없는 눈꽃송이들이 하염없이 사라져 간다. 우물 속으로 떨어진 눈은 소리도 없이 우물이 된다. 버스가 눈 내리는 춘천으로 들어선다. 우물 속으로 빠져드는 어린 내가 보인다.

머리 위로 두른 당신의 잿빛 목도리에 카키색 외투 여린 어깨 위에 속절없이 눈발이 쌓인다. 발그레한 뺨에 머리카락을 스치는 몇 송이의 눈꽃이 녹아든다. 깊이를 알 수 없는 그대의 눈동자 속으로 내리는 눈. 눈.
눈물이다. 입술에 몇 개의 차가운 눈송이가 떨어져 녹
아든다. 당신은 기어이 돌아선다. 퍼붓는 눈 속으로
멀어져 가는 당신이 보인다. 봉의산 가는 길 강변에
내리는 눈. 하염없이 내리는 눈 속으로 멀어지는 당신
을 바라보는 내가 보인다.

춘천에 눈이 내린다.

춘천에서 미용실을 찾아 헤매다

버스터미널에서 내린다. 오후 세 시쯤. 너무 일찍 왔군. 춘천을 떠난 후 스무 해가 넘었다. 두어 달에 한 번 꼴로 춘천에 닿지 않으면 사는 게 사는 게 아니라 여겼다. 보고 싶은 사람, 가봐야 할 곳이 많기도 하군. 그런데 지금은 아니다. 갑자기 머리를 자르고 싶어졌다. 남부시장 쪽으로 무작정 걷다가 춘중 쪽으로 방향을 튼다. 중앙로를 따라 오르며 미용실을 찾는다. 이 동네는 20년 전이나 10년 전이나 별로 변한 게 없다. 빙빙 돌아가는 미용실 간판이 눈에 띈다. 남자와 여자가 머리를 자르는 장소가 다른 것이 새삼스럽다. 그냥 이발소로 들어가려다 포기한다. 창도 없는 출입문. 분위기가 수상하다. 중앙시장으로 들어선다. 미용실들이 많기도 하다. 깔끔해 보이고 젊은이들이 이용할 것 같은 이층에 있는 곳을 가려니 왠지 또 그렇다. 중앙시장 지붕이 뜯겨지고 새로 공사를 하고 있다. 명동 쪽으로 갈까 하다가 순댓국집 골목을 지나쳐 육림극장 쪽으로 향한다. 광목으로 차양을 댄 옷가게며 반찬가게들이 안쓰럽다. 고개턱쯤에 미용실이 있다. 그냥 들어가려다가 포기한다. 육림극장을 그냥 지나친다. 운파사거리로 들어섰다. 뒷골목 길가에 미용실이 또 서너 개 있다. 영세한 미용실이 참 많기도 하다. 장사가 될까 하는 걱정이 든다. 길에서 빤히 들여다보이는 미용실들에 결국 들어가지 못한다. 다시 망설인다. 옛날 우륵다방이 있던 모퉁이 건물 허름한 미용실로 들어선다. 머리를 자르는 내내 영 불안하다. 머리도 감지 못하고 나갈 것 같아서다. 머리를 자르기로 작정한 것을 후회해 봤자 소용없는 일이다. 바랜 커튼 사이로 보이는 세면기도 때에 절어 있다. 머리를 감자고 하지 않는 게 천만다행이지 싶다. 목욕탕을 찾아가야겠다. 근처에 목욕탕이 있었는지 기억이 없다. 효자동 쪽으로 가다가 다시 발길을 돌려 후평동 쪽으로 횡단보도를 건넌다. 중화루 뒤편 길로 빠져 강대 후문 쪽으로 올라간다. 생각해 보니 춘천에서 혼자 이렇게 많이 걸어본 적이 없다. 찾았다. 효자목욕탕. 가을날 목욕탕 오후는 텅 비어 있다.

동부시장에서

안개가 스며들기 시작하는 길을 따라 동부시장으로 간다. 지하주차장 옹색한 현대식당. 반들반들 길이 든 번철에서 미끄러지기도 하고 뒤집어지기도 하며 굵은 소금이 덧뿌려진 생두부가 익어간다. 생태 토막과 내장과 함께 곤이가 가득한 냄비는 설컹설컹한 무와 함께 부글부글 끓는다. 막걸리 잔을 부딪치며 털어 넣기도 하고 매운 고추를 숭숭 더 썰어 넣은 빠 작장을 발라 호박잎쌈을 한입 가득 욱여넣는다. 남루하던 시절의 이야기들이 언뜻언뜻 어깨너머로 들려오기도 한다. 머물러 있는 생에 안심하기도 한다. 그렇게 살아온 것들은 신화가 되기도 하고 전설이 되기도 한다. 마주한 눈시울에 촉촉하게 맺히기도 한다. 드디어 봉의산 가는 길이며 고슴도치 섬을 헤매는 것이다. 안개 속으로 멀어지는 길에 당신을 떠나보냈다. 무엇을 어떻게 할 수도 없이 남아 있는 우리는 후평동이나 석사동 학곡리나 거두리로 스미겠지. 춘천에서는 누구나 외롭게 떠 있는 봉의산과도 같이 깊은 기다림의 섬이 되는 것이다.

흐르는 강물처럼

사랑. 그런 거 아무것도 아닌 거예요. 사랑이라는 건 목숨을 거는 거예요. 속삭이듯 말했다. 그런 것이 었다. 흐르는 강물처럼 속절없는 것이었다. 목숨을 걸 수 없었으므로 내 사랑은 아무것도 아닌 것이었다. 그 순간 나는 죽었다. 그날이었다. 천년의 세월은커녕 단 하루도 기약하지 못하고 소멸되었다. 안녕.

그렇게 내 그대를 떠났던 것은 세상의 처음이 궁금 해서였을 터이다. 애초에 뒤돌아 볼 일이 아니었다. 떠나온 것들에 대하여 뒤돌아보는 것도 어쩔 수 없겠 다. 작정한 것이 아니었다. 내가 끊임없이 뒤를 돌아 보는 동안이겠다. 그대 또한 깊어가는 강물의 가장 깊은 곳만큼 아주 조금은 흔들렸으리라.

죽어 떠나간 것들이 살아 있는 것들을 뒤돌아보는 것이다. 떠나야 만날 수 있는 세상의 끝. 그러므로 그 대를 떠나온 나는 매일 매일을 세상의 끝에 닿았을 것이다. 아무렇게나 불어오는 그 바람의 경계에서 상 한 짐승처럼 그대를 그리워했을 것이다. 끝내 목숨을 걷지 못했으므로 매일 죽어야만 했을 것이다.

그런 것이었다. 무지하고 어리석은 사랑이 끝났을 때 각성의 번개가 벼락을 불렀다. 이미 폐허이며 죽음인 곳으로 뜨겁던 심장은 하찮게 매장되었다. 그뿐이었으나 소름처럼 돋아나오는 속삭임의 기억들은 대뇌피질에 각인되었다. 그렇게 죽어간 것들에 더해 살아 있는 것들은 다 살게 마련이었다.

그렇게 이제는 죽어도 살아도 그만이겠다. 드디어 오래전이나 방금 죽은 자와 아무렇게나 살을 섞어도 되겠다. 내가 떠나왔던 그 자리에 그대 스스로 우뚝하다. 아픔이며 기쁨인 캄캄하고 깊은 물빛 눈물로 있다. 그대 거기에 있음에 더 이상 힘겨운 힘은 힘도 아니다. 그대를 다시 바라보거나 지나칠 수 있겠다. 내려놓은 울음이 무게와 중심을 삼키며 강물처럼 흘러도 그만이겠다.

그렇게 그대에게 가는 동안 온통 눈부시던 골목길

과 대문이며 창문이 있다. 바라보는 것만으로도 한 생애 가득 흔들리며 젖어오는 눈물 같은 것들이 있다. 저마다 한 하늘을 이고 지나가거나 머물러 있는 것들이 있다. 내 안의 그대 거기에 그대로 있어주어 고맙다. 정말 다행이다.

부엉이

내가 아는 부엉이는 꽝꽝 얼어붙은 북한강 절벽에
살고 있었다. 그 강 절벽 건너편에서는 밤낮을 가리
지 않고 쩡쩡 언 강이 터져나가는 소리가 들렸다. 그
것이 부엉이가 날개를 펼치는 소리라고 생각했다. 그
절벽을 스물 몇 해 전에 떠났으나 아직 부엉이가 살
고 있으리라 믿고 있다. 미네르바가 데리고 다닌다거
나 부엉이 바위에 살았다는 부엉이와 별반 다르지 않
을 것이었다. 자유로운 영혼을 가졌다는 것을 알지만
외롭기는 마찬가지일 것이기 때문이다. 누구는 올빼
미라고 부르기도 한다는데 외로움을 포박하기 위해
날개를 펴는 것은 같을 것이었다. 부엉이가 절벽 위에
서 날개를 펴고 날아오른 것은 스물 몇 해가 지난 후
였다. 그 절벽에 늦게 당도했으나 더 이상 궁금해하지
않기로 했다. 귀 큰 부엉이 한 마리 날개를 접고 아직
눈 부릅뜨고 있다는 것. 외롭게 그대를 지키고 있다
는 거 알고 있느냐고 더 이상 묻지 않기로 했다.

3부

난 시인이 아니라고 우겼다

새 하늘 새가 하늘을 난다塞夏記

　무풍지대가 최고 시청률을 기록하며 무덥고 긴 여름날이 이어지고 있었다. "어이 덩데, 이참에 문교부나 안기부를 싹 쓸어버리자구" 아이들은 이정재와 유지광이 흉내를 내면서 교문을 지켰지만 조기 방학을 맞았다. 스물네 명의 조합원이 이제 열 명으로 줄었고 그중 한명은 파면을 당했다. 난 부끄러운 탈퇴 교사. 참담한 여름이야. 누군가 말했다. 그리고 모두는 아무 말도 하지 않았다.

　북상 중이던 태풍이 내륙으로 접어들면서 소멸되고 있었다. 곳곳에서 개처럼 두들겨 맞고 짓밟히며 연행되고 단식하는 동료들을 외면하고 사천해변에서 가평으로, 다시 춘천으로 이곳저곳을 떠돌았다. 만삭의 아내를 춘천 친정에 데려다 놓고 북한강변을 오가며, 시간을 죽이며 새로 태어날 아기를 기다렸다.

　사천만 모두가 답답한 사천 앞바다. 푸르게 일렁이는 눈부신 여름 해변에 있었다. 어찌할 것인가. 허균의 그림자를 밟으며 새워 술만 퍼마셨다. 그러면서 난

114

시인이 아니라고 우겼다. 내 밥이 나오는 것은 시가 아니라 체육 선생이라는 노동에서라고. 난 결국 시인이 아니라 노동자라고 우겼다. 그리고 이제 더 이상 선생도 아니라고 우겼다. 우기면서 부끄러웠다. 고통의 견딤과 즐거움이 사라진, 적당히 타협하며 선택할 줄 아는 값싼 나의 노동이 부끄러웠다.

남아 있던 동료 교사들에겐 징계위원회 출두 요구서가 배달증명으로 날아들고 결국 모두들 직위해제를 당한다. 어찌할 것인가. 그래, 결국은 이렇게 잊히고 사라지는 것이군. 그들의 밥은. 나는 그들에게 나의 밥을 나누어 줄 수 있을 것인가. 개학을 앞두고 둘째 아들을 얻었다. 새하라고 이름 지었다. 새 하늘 새가 하늘을 난다. 고삼이 되면서 학교를 박차고 나갔던 상원이 패거리들이 두 달 전에 지어준 이름이었다.

답답하고 참담한 여름을 뚫고 나온 새하. 굳이 새하塞夏로 출생신고를 한다. 이 여름을 기억하리라. 새하. 내 아들. 이름을 부르는 동안.

까치는 어디로 갔을까

교문을 들어서면서 오른편 둔덕 위에
과수원집이 외롭게 한 채 서 있고
그 옆에는 키 큰 미루나무 한 그루
우뚝 지키고 있었다
미루나무엔 커다란 까치집이 지어져 있어
아이들은 수업시간 창밖으로
키 큰 미루나무와 까치집
자유롭게 하늘을 나는 새들에게
더 많은 시선을 키웠다

그해 가을
문득 미루나무를 바라보았을 때
까치집이 보이지 않았다.
까치집이 사라진 키 큰 나무가
무심하게 나뭇잎들을 털어내고
황량하게 겨울을 견디는 것을 바라보는
우리들 빈 가슴속으로
차가운 바람만이 스며들었다.
까치집은 어떻게 된 걸까

까치들은 어디로 갔을까

이듬해 여름
둔덕을 밀어젖히고
또 다른 학교 건물이 들어서면서
이미 까치집이 사라진 미루나무도 베어지고
나무 밑에 웅크리고 있던
과수원지기 판잣집은 철거당했다
이제 걸릴 것 하나 없이
곧장 바람이 건너오는 운동장을 지나
열 명이나 되는 동료들이
어깨를 늘어뜨리고 걸어 나갔다

남은 아이들과 선생들은 종례를 하고
하나둘 텅 빈 운동장을 걸어 나가며
까치집이 사라진 이유와 해직 교사
우리들의 묶여버린 꿈들에 대해
신화처럼 가슴에 새겼다
그렇게

사라지는 모든 것들은 신화가 되었다
잊지 않는 모든 사람들에게
살아 숨 쉬는 그것들은
아름답고도 슬픈 사랑이 되었다.

다시 가을이 시작되면서
학교 뒷산 과수원이 시작되는
울창한 숲속에 까치들은
그 미루나무보다 더 키가 큰 나무들을 찾아
하나도 아닌 몇 개의 까치집을
새롭게 지었다

미나리 파란 싹이 돋아났어요

지방 도로를 따라 출근하는 길, 언제나 가다서기를 반복하지만 큰 사거리를 우회전하면 간선도로로 접어들기 길 옆에 몇 조각으로 구획된 미나리꽝. 옅은 안개를 뚫고 키 큰 백양나무 네댓 그루 사이로 햇살이 번지고 있다. 몇몇 아주머니 고무 바지 장화를 신고 입고 미나리를 베어내고 있다. 가을날 이른 아침을 한 다발씩 도려내어 두렁 위에 가지런히 쌓고 있다. 미나리꽝을 지나면, 그렇게 밀리는 길을 조금이라도 벗어나면 서로들 덤벼들 듯 달리기 경주를 벌이는, 매일 매일을 곡예를 벌이듯 네 개의 고무바퀴에 얹혀 살아가는 일상. 라디오에선 사이버 세상을 외치는 노래가 경쾌하다. 경박하지만 그냥 인정하기로 한다. 어차피 가다서기를 반복할 것이므로. 그렇게 또 하루를 도려내어 길바닥에 팽개칠 것이므로. 미나리 파란 싹은 돋아날 것이므로. 웃자란 미나리는 다시 도려내어 묶일 것이므로. 더더욱 머지않아 미나리꽝에도 무서리가 내릴 것이므로. 당신은 변함없이 고정된 내 시선의 밖에 있을 것이므로. 그리움 따위는 시도 때도 없이 돋아 움틀 것이므로.

운동장에서

1

꾸미기체조를 한다. 피라미드 쌓기를 하면서 부채 만들기를 하면서 죽어라고 아우성치는 아이들에게 떠들지 말라고 꽥꽥거리며 같이 떠든다. 밑에 깔린 놈들은 깔린 놈들끼리 엄살 섞인 비명으로 아우성이고 꼭대기에 올라가 두 팔 벌린 녀석은 올라간 녀석대로 미안하고 미안하다. 처음에는 신기하고 재미있었지만 두세 번 거듭되는 판에 흥미를 잃고 붉어질 대로 붉어지며 얼굴을 일그러뜨리는 맨 밑에 엎드린 아이들에게 덩치 작아 맨 꼭대기에 올라선 아이의 더 미안해지는 무표정. 초가을 따가운 햇살이 사정없이 내려쬐는 누런 매트 위. 풀풀거리는 모래먼지 속에서 사람을 밟고 선다는 일이 수월치 않음을 확인하면서 사람이 사람 밑에 깔린다는 것은 더더욱 쉬운 일이 아니란 걸 거듭 확인하면서 밑에 깔린 놈들은 깔린 놈들끼리 빨빨대며 낑낑거리고 꼭대기에 올라선 놈은 그런대로 엉거주춤 두 팔 벌리며 설 때 두 번째 줄 중간에 끼어 있는 놈이 불안하다. 피라미드 전체가 불안해진다. 상쾌한 바람이 불어왔다.

〉

2

 양쪽 골포스트 앞에 한 반씩의 아이들을 일렬횡대 양팔 간격으로 마주 보게 세워놓고 축구공 중앙에 서너 개 띄워놓고 지화자, 휘슬을 분다. 불어 사월의 황사바람. 룰이고 뭐고 없이 그냥 닥치는 대로 차고 부딪치며 박 터지게 깨지는 한세상을 연습시킨다.

 어떤 녀석이 엎어져 코가 깨지건 안경이 나가고 무릎이 까지건 내 앞에 떨어지는 공 다른 놈 달려들기 전에 냅다 걷어차기도 하고 헛발질도 하다보면 한 치 앞의 위험도 감지할 수 없는 우리들 산다는 것의 아우성. 그 더티 플레이를 터득한다.

 체격과 체질, 때론 인격까지 무시할 수밖에 없는 것이 비단 체육 시간뿐이겠는가만 어쨌든 공만 주면 잘 노는 아이들에게 운동과 스포츠와 인간의 삶을 체육과 올림픽과 민족의 미래를 어떻게 구별해 가르쳐야 할까.

 〉

찌들 대로 찌들어 가는 우리의 일상을 한순간 똥볼로 뺑뺑 차대며 법석을 떠는 너희들과 함께 똑같이 닥치는 대로 차고 부수며 들뛰다 보면, 봄날의 황사바람도 불어가고 우리가 이제는 닥치는 대로 깨치고 일어서 부수어야 할 시간, 일그러진 세월 잘도 간다.

3

스승의 날 기념 체육대회를 하기 위해 운동장에 라인을 긋는다. 너희들과 우리들을 갈라서게 하고 구별 짓는 선을 분명하게 긋는다. 휘슬 하나로 너희들을 이리저리 몰고 다니며 진열대에 얌전히 놓여 있는 독일 병정 인형들처럼 떠들지 말라고 윽박질렀다. 때론 인격을 무시하고 걷어차기도 했다. 빨리빨리 움직이라고. 시키지 않아도 거수경례를 하면서 자동적인 사열횡대에 인원 보고, 좁은 간격 우로나란히 하나 둘야! 좌우로 정렬. 앉아번호, 마지막 반복 구호 없이 제자리 뛰기. 일사분란하게 너희들은 잘도 움직이는구나. 그렇게 길들여지도록 해온 것이 내가 너희들에게

진 빚이다. 너희들과 우리들 사이에 긋는 선이다. 체육 시간이 아니면, 너희들이 뛰어노는 모습이 보이지 않는 텅 빈 운동장으로 공부 많이 시키는 좋은 학교의 척도가 되는 이 땅에서, 반대 동작의 원리를 몰라도 잘도 뛰고 걷는 것처럼, 자연스럽게 등짝과 가슴을 맞대는 좁은 간격으로 우리 언제쯤이나 모여 살 수 있을까. 너희들과 우리들 사이를 갈라놓는 저 입시 교육, 제도 교육의 튼튼한 선을 언제쯤이나 지워버릴 수 있을까.

4

엷은 안개를 거두며 해살이 번지는 늦은 가을 아침 동떨어져 있는 한 아이가 작은 은행나무를 흔든다. 나무는 몸을 떨며 우수수 노란 은행잎을 가차 없이 털어낸다. 떨어지는 나뭇잎을 날개 삼아 아이와 나무는 날아오르려나 보다.

아이들은 몇 명만 모이면 땅따먹기와 오징어, 찜뽕

을 한다. 운동장가에 원을 그려놓고 한 뼘 한 뼘 정직한 손을 뻗어 자신들의 영토를 만들어 간다. 어쩌다 다른 아이의 땅으로 들어가 송두리째 먹어치우는 통일도 이룬다. 사이좋게 금을 그어가는 아이들에게 통일은 어렵지 않다.

운동장 한 모퉁이에서 흙먼지 풀풀대는 누런 매트 위를 끝없이 뒹굴며 아이들이 손 짚고 앞돌기를 한다. 손바닥만 한 운동장에 서너 반이 우글대며 다른 반 아이들이 공을 몰고 매트 사이를 헤집고 다니기도 한다. 아이들이 끝없이 엉덩방아를 찧어댈 때마다 가슴이 쿵쿵 무너져 내린다.

아이들이 간이 농구장에서 뻘뻘거리며 끊임없이 솟아오른다. 몽둥이를 든 자율학습지도 선생님이 운동장 저쪽을 외롭게 가로질러 오고 있다. 날카로운 휘슬 소리와 함께 갑자기 아이들이 후닥닥 놀란 짐승들처럼 사방팔방으로 흩어져 사라진다. 체육 시간이 아니면 운동장에 뛰어노는 아이들이 없는 학교가 공부 많이 시키는 좋은 학교가 된다.

송글송글 이마에 맺히는 땀을 훔치며 아이들이 도움닫아 멀리뛰기를 하고 있다. 모래밭에 착지할 때마다 신발 속에는 차가운 모래가 서걱인다. 때론 입이나 코, 허리춤 옷깃 속에까지 사정없이 튀어 들어오는 모래알을 아랑곳 않고 철봉 밑에 주저앉아 모래알을 털어낸 후 머리카락 쓸어 올리며 거듭 아이들이 힘찬 발구름으로 날아오를 때에는 푸르게 돋아나오는 날갯짓 소리가 들려온다.

5
중국의 어느 지방에 살고 있던 작은 나비
한 마리의 날갯짓이 지구의 반대편 어느 광범위한 지역에
무슨 엄청난 자연 현상을 일으킬 수도 있다는
카오스 이론을 나는 믿는다.
내 가슴속에 이는 그리움의 작은 파문이

언젠가 그대의 마음을 뒤흔들 수도 있다는
기적 같은 일을 상상하는 것만으로도 얼마나 행복
한가.

체육 시간. 아이들을 보면 안다.
좁아터진 운동장에 서너 반씩 풀어놓으면
천방지축 제멋대로인 아이들이지만
어느새 무질서 속의 질서를 찾아가는
기적 같은 모습을 발견하기 어렵지 않았다.
좁고 울퉁불퉁한 운동장 와글거리는 아이들 사이로
어디로 튀어 오를지 전혀 예측할 수 없이
불규칙 바운드되는 공을 이리저리 잘도 드리블하고
거침없이 슛을 해대는 아이들을 보며
짧은 수학 실력으로는 결코 풀 수가 없겠지만
비선형 방정식으로밖에 설명할 수 없는
끊임없이 불규칙 비례하는
그대를 향한 내 애정의 무게를 믿는다.
우리 사랑이 혼돈 속에 버려져
무모하며 애달프고 속절없을지라도
살아온 기적이 살아갈 기적이 된다고

살다보면 혹시 누가 알겠냐고
운동장 한쪽에서 중얼거리기도 하는 것이다.

잔설殘雪처럼

　끝 종소리와 함께 힘차게 날아오르며 세단뛰기를 하던 아이들이 신발 속으로 들어간 모래를 털고 교실로 들어가고 있었다. 철봉에 매달려 거꾸로 오르던 아이들도 현관 입구에서 신발을 털고 있었다. 날카로운 호루라기 소리와 함께 몇몇 아이들이 바구니에 공을 주워 담고 있었다. 차디찬 한 올의 모래바람이 이마를 스치고 지나갔다. 한 아이가 두고 간 초록색 체육복 윗도리가 축구 골대 위에서 펄럭거리고 있었다. 오늘 장사도 이렇게 끝났군. 뒤따라온 한기가 어깨를 짚었다. 성긴 눈발이 흩날리기 시작했다. 온 세상 눈부시던 한 시대가 그렇게 갔다.

　키 큰 나무들이 들어찬 숲이거나
　논두렁 밭두렁으로 이어진 들판이거나
　흐린 시선 맞닿는 아무데서나
　몇 조각의 외로움들 뒹굴고 있다

　언제나 열외에서 서성이던 사내
　오늘도 그렇게 동떨어져 있다

그 자리에 서서 녹아들겠다
가장자리부터 짓무르다가
자취도 없이 사라지겠다

이제
그대를 향한 그리움은 필사적이다.

숲을 위하여

시내를 빠져나와 국도를 타고 서울로 출근하는 길이다. 순환고속도로 공사 현장을 지날 때는 하루도 거르지 않고 가다서기다. 그래도, 다시 숲이다. 정갈한 아침, 촉촉한 공기를 투과하는 아침 햇살에 눈부시게 빛나는 숲일까. 무서리 내린 미나리꽝을 몇 그루 백양나무들이 내려다보고 있었다. 훤칠한 백양나무들을 올려다보며 머리를 빡빡 깎인 오리나무 졸참나무 개암나무들이 큰 산 쪽으로 내달리고 있었다.

선생에게 대들던 문과 2학년 현진이는, 그런 못된 놈은 제적시켜야 해, 전학 보내야 해, 개 패듯 패버려야 라는 소리를 뒤로하고 무기정학을 당했다. 수능 시험을 끝내고, 본고사를 보지 않는 아이들이 웅크리고 교문을 나서고 있었다. 체육과를 지망하는 형철이는 체육관에서 끊임없이 다리를 찢고, 높이뛰기를 하느라 스펀지 매트 위로 나뒹굴고 있었다. 육상부 에이스 영연이 놈은 정강이 인대가 늘어나 숙소에서 죽치고 있었다. 마음을 고쳐먹었다는 경환이는 머리를 빡빡 깎았고 독서실과 학원에 등록했다. 학원 폭력

추방이라는 현수막이 걸린 교문 앞에는 가끔 경찰차
가 섰다가 가곤 했다. 운동장 구석에 주차된 장 선생
의 새로 뽑은 차가 아이들이 찬 공을 맞고 삐약삐약
울고 있었다.

간선도로에 들어서자 또다시 꽉 막혀 있다. 낮게 드
리운 하늘로 한 마리 새가 스치고 있다. "청량리 부근
에서 예민한 사람은 느낄 수 있는 눈발이 날리고 있
어요"라는 여성 리포터의 말을 듣는 순간, 차창 밖으
로 성긴 눈발이 보였다. "청춘의 한 켠이 저문 남자는
발자국도 남기지 않고 산모퉁이를 돌아서 갔다"라는
멘트와 함께 얼핏 스쳐가는 숲을 떠난 저 가로수들도
봄이 오면 새순을 틔울 터이다.

일상 그리고 살림

맨션 빌라에서 충분한 일조량 받으며 우리도 행복하게 살아볼 수 있을 거야 공동묘지 밑 동네 음습한 반지하 방으로 찾아들어 송장바퀴벌레와 함께 사는 셋방살이 습기 차는 벽 썩어 들어가는 장롱 들뜨는 도배지 물먹는 하마를 요소요소에 수호신처럼 갖다 놓았지 그 물먹는 하마를 잡아먹고 피어나던 암회색의 곰팡이 곰팡이 핀 결혼 양복이랑 바바리코트랑 아끼느라 입지도 못 하던 아내의 옷가지들 세탁소에 맡겼는데 그놈의 세탁소에 불이 났지

저 어둡고 침침한 골짜기 음습한 장롱 뒤 장판 밑에서 슬라브 천장 스티로폼 틈새기에서 푸르게 유영하던 송장바퀴벌레 그리마 구석구석 덫을 놓던 나의 거미 FM 방송도 끝난 심야 형광등이 꺼지고 외등의 희미한 빛이 높은 창문으로 침투하는 어둠 속에서 벽으로 천장으로 냉장고 밑을 기어 다니다가 그중 천장으로 기어가던 크고 검은 송장바퀴벌레 잠든 아내의 몸 위로 떨어진다 잠든 리을이의 이마 위로 기어간다 아아 잠든 아내의 몸 위로 기어간다

〉

경매에 넘어간 그 집에서 전세 보증금도 받지 못하고 우리 세 식구는 겨우 그 끔찍한 방을 탈출했지 그리고 지금은 다시 반지하 셋방에서 세 식구가 아웅다웅 싸우며 열심히 살아보려 하고 있지 리을아 엄마랑 우리 주문진이나 자갈치 그 질척거리는 횟집에서 손아귀를 쏙쏙 잘도 빠져나가는 그 느낌이 재미있는 산오징어와 가자미회나 실컷 먹으러 가자 춘천 소양고개 국숫집 빈대떡에다 막국수 한 그릇도 그럴듯할 거야 요선동 콩탕집이나 공지천 보쌈도 괜찮고

리을 엄마 춘천 떠나가지고 나 많이 망가졌지 사는 것도 엉망이고 글도 써지지 않고 뭐 되는 게 아무것도 없잖아 요즘 난 내게 절망하는 사람을 바라보며 더욱 절망하며 애나 보는 게 일이지 뭐야 절망이란 게 별게 아니더군 그냥 속수무책인 상태 확 뒤집어 엎어버리고 싶어 미칠 것 같은 그런 것 아니겠어 그래도 살아야지 어떡해 이젠 리을이도 많이 컸지 몇 년 만 참으며 살자 리을이랑 우리 살아 있는 거 한번 키우며 살아보자 개미 새끼공룡 불가사리 그리고 시 같은 것도 길러보면서 우리 그렇게 살아보자고

희망비디오

희망을 빌려드립니다.
희망비디오 가게에는 오늘도 사람들이 빌려가지 않은
희망들이 빼곡히 들어차 있습니다.

면목동 전세방에서
전세 보증금도 못 받고 쫓겨난 리을이네 식구들은
이곳저곳을 떠돌다, 지금은 인천하고도
저 주안사거리 쪽에서
보험사 융자를 얻어 비디오가게를 하고 있습니다.
영화를 좋아하는 사람들에게 천오백원이나
이천 원씩 받고 비디오를 빌려주는 희망비디오 가
겝니다.

리을이는 아침에 일어나자마자 비디오 게임을 합
니다.
아직 게임을 할 줄 모르는 새하가 블록 쌓기를 합
니다.

조금 있으면 사람들이 하나둘 빌려간 희망들을
다시 되돌려주기 위해 들렀다,
　방울 소리 울리는 가게 문을 열고는 또 다른 희망
을 찾아
집으로 거리로 나서겠지요.

　새 봄이 오고 있습니다.
　대통령도 바뀌고 날이 날마다 바뀌는데
　사람들의 희망은 바뀌지 않는 것 같습니다.
　다른 사람이 빌려간 희망만을 사람들은 다시 빌려
가거든요.
　간혹 다른 사람들과 다른 희망들을 찾는 이도 있지
만
　역시 대박 프로가 안겨주는 희망이 가장 잘 팔립니
다.
　장사라는 게 돈 놓고 돈 먹기인 줄 알지만
　희망마저도 희망 놓고 더 큰 희망 따먹기 하는 것
같아
　빌려줄 희망들을 모두 갖고 있지 못한

리을이네 희망비디오 가게에는,
융자 받은 돈 이자만 쌓여가듯이
별 희망을 갖지 못하는 사람들만이 찾아옵니다.

2
아내의 희망은
그렇게 큰 것이 아니었을 게다.
내가 출근을 하고 리을이도 학교에 가고 나면
청소를 끝낸 이른 아침의 가겟방엔
새 영화 포스터를 촘촘히 붙여놓은 유리창 사이로
화사한 햇살이 스며들 것이다.
그러면 아내는 난로를 피우고
카세트에 맑은 음악이 흐르게 할 것이다.
둘째 놈이 늦잠을 깰 때쯤이면
뜨거운 차 한잔의 여유,
그 정도였으리라는 생각이다.

아내의 희망은

사실 그렇게 큰 것은 아니었을 게다.
내 봉급 받아선 융잣돈 꺼나가고
이것저것 월부금이며 곗돈, 카드 결제를 하고
장사해서 번 돈으론
테이프값 주고 가겟세 주고도
밥이야 못 먹고 살겠냐는 것이었을 게다.

그렇게 아내의 희망은
사실, 그렇게 큰 것이 아니었을 게다.
한 이삼 년 고생을 하고 나면
최소한 남편 승용차 한 대는 사줄 수 있으리라
그런 정도였으리라는 생각이다.
나의 희망은
아내의 그렇게 크지 않은 희망이
잘 이루어지길 바라는 것이었다.

그 후, 나의 희망은
장사를 시작하고 얼마 되지 않아서부터
아내의 잘 되지 않는 장사가

잘 되기를 바라는 것이 되었다.
아내의 그렇게 크지 않은 희망이
무너져 내리지 않기를 바라는 것이
나의 희망이 되었다.

지금 나의 희망은
자꾸만 희망을 잃어가는 아내가,
우리가 산다는 것이
산다는 것의 소금밭을 뒹굴며
거듭 희망을 잃어가는 것이라는 것을
알아차리지 않았으면 하는 것이다.

그렇게 지금 나의 희망은
우리의 희망이 어느 순간
절망으로 뒤바뀔 수도 있다는 것을,
그런 것들이
우리의 산다는 모습이란 걸
가능하면 생각하지 말자는 것이다.

살림 그리고 일상

오랜만에 단둘이 마주 앉은 어머니
그동안 참고 계시던 노여운 말씀
어떻게 살림을 그렇게 할 수 있니

아버님 돌아가시고 개인 병원 잡일을 하시며
막내와 셋방을 벗어나지 못하시는데
결혼 후 십 년이 다 되도록
생활비 한번 변변히 쥐어드리지 못한
죄스러움에만이 아니라 생각해 보면
맏아들이 되어 홀로되신 어머니 모시지도 못하고
남들처럼 알뜰살뜰하달 수 없는 살림이기에
할 말을 잃고 고개 떨구지만

그렇게 어쩌다 어머니라도 오시면 우리 식구들
아내와 큰놈 작은놈 옹기종기
삼겹살을 굽는다
맑은 술 한 병 받아다 놓고
꽃소금에 들기름을 재운 종지와
마늘과 풋고추를 다북이 썰어 담은 접시

맛깔스레 참기름과 고춧가루로 버무린 파 무침
어머니가 가져다 놓으신 막장을 듬뿍 발라
이것저것 거성을 얹어 한입 가득 상추쌈을 한다

둘째 놈이 밥상 주위를 맴돈다
저지레 친다는 호통에 주저앉아서도
애비에게 술 한 잔 못 따라 안달을 하고
열 손가락을 다 사용해 밀어 넣고 욱여넣어도
막장으로 범벅된 밥알도 비계도 자꾸만 불거져 나
온다
애들에게 아빠 입 크다고 놀려대는 아내의 짓궂은
놀림도 아이들의 밥상머리 장난도
노릇하게 삼겹살을 구워댈 때면
한 잔 술의 식탁과 함께 용서되지만
기어이 욱여넣었어도
기어코 불거지고 삐져나오는 것들은

끝내 채워지지 않는 부끄러움의 속살 같은
내 일상인지 내 살림인지

우리들 산다는 것의
서글픈 꿈인지
값싼 노동으로는 채울 수 없는
내 삶인지

아내의 사과

퇴근길 어김없이 지나쳐야만 하는
과일가게에는 우리들의 소박한
바람만큼이나 많은 과일들이 수북이 쌓여
쌓여 휘황한 불빛을 받고 있구나
술에 취해 늦는 날 어쩌다
싸들고 오는 검은 비닐봉지 속엔
사과 몇 알 그렇게
아내는 가끔 사과를 깎는다
사과를 조각내어 건네는 손길이 무안스레
언제나 도리질을 하는 나에게
아내는 서운하게 생각할 거다
아내가 깎아나가는 사과의 향기
무엇일까 아내의 사과에는
아련한 슬픔 같은 것이 배어 있구나
어릴 적 어쩌다 얻게 된
바지춤에 쓱쓱 문지를수록
영롱하게 빛나던 사과 한 알
우적우적 기어코 먹어버린 뒷맛은
아쉬움뿐이었던가

맛있게 사과를 먹을 수 있는 기회가
점점 줄어드는 것에 대한 반동이
사과를 싫어하게 하는 것일까
어쨌든 사과를 싫어하는 난
풍치를 앓고 있다
이를 갈면서 자는 잠버릇에다
며칠 연이어 폭음을 하다보면
어김없이 부어오르는 잇몸
들먹이는 이빨이 사과를 싫어한다
산다는 것의 소금밭을 뒹굴며
타협과 위선으로 얼룩져 자꾸만
도져 불거지는 잇몸의 염증
들떠 바람만이 스미는 이빨
역한 냄새를 풍기는 나의 입은
향기롭기만 한 사과 쪽을 거부한다

난 시인이 아니라고 우겼다

시인의 이름을 얻은 지 꽤 오래되었다. 기라성 같은 시인들이 김 시인이니 재룡 형이니 하고 불러주면, 정말 시인이 된 것 같으면서도 몸 둘 바를 모르겠는 것이 솔직한 심정이었다. 무슨 행사가 있을 때 시인 누구란 명찰을 달고 다닌다는 일이 여간 뒤통수 당기는 일이 아니었다. 그렇게 시인이 되고 나서 한 일이란 게 무슨 청소년문학창작학교 해변시인학교 만해시인학교라는 곳에서 며칠씩 잔심부름이나 하며 낯 뜨거움에 새워 술이나 퍼마시는 일이었다. 시를 쓰는 이들이 누구는 어디에서 무슨 일을 하고 있고 누구는 어디로 자리를 옮기기도 하면서 셀 수 없이 많은 시인들의 시집을 받아보았다.

어느 날 한잔하고 전철에 기대어 집에 오는 길에 애써 잊고 살자던 시를 생각하게 되었다. 별 관심 없는 곳이었지만 작품 청탁이라는 것을 받았기 때문이었다. 참 시를 쓰고 싶기도 했다. 살아가는 세상사 너절한 이야기일지라도 정말 시로 써보고 싶었다. 그렇게 가끔 시를 생각하면 눈물이 나왔다. 이것저것 문예지

라던가 시집들을 들추어 볼 때면, 일간 신문에 실린 오늘의 시를 펴 들라치면, 주제에 시인이란 이름을 얻은 사람이 아닌가 하는 자격지심에 참으로 시를 쓰고 싶었다. 그보다는 일상적으로 시를 써내지 못하는 사람이 무슨 시인이겠냐는 자책이 가슴을 찌르는 것이었다.

사실 말이지 시집 한 권 없는 시인이 무슨 시인이라고 할 수 있겠는가. 그러면서도 한 해에 한두 번 볼까 말까 한 쟁쟁한 선배 시인들에게 기죽기 싫어서랄까 아니면 뭐 그럴 만하달까 해서인지 만나기만 하면 댕댕거리기도 하고 대들기도 했다. 하여튼 뭐 그랬다. 그리고 우겼다. 난 시인이 아니라고. 시가 내 밥을 주지 않기 때문에 난 시인이 될 자격이 없다고. 그러나 사실 말이지 속 보이는 일이었다.

그동안 여기 저기 기웃거리기만 하면서 살아왔다. 뭐 먹고사는 일 이외에 시쳇말로 내 밥벌이 신성한 노동 외엔 특별히 하는 일도 없었다. 그런데 산다는 일이 그렇게 만만치 않았다. 어쩌면 그 일을 나는 시를 쓰는 일이라고 하고 싶지만 자신이 없다. 아이들하고 함께 어울려 지내는 것이야 별일 아닐 것이라고 생각했는데 좀 잘 가르쳐 보려고 하니 그게 결코 쉬운 일이 아니었다. 뭐 참교육인가 뭔가 하는 것 있잖은가.

어찌 되었든 지금은 몇 살 되지 않은 아이들에게 남들처럼 잘해주지 못하며 그런 것들을 안쓰러워하는 아내의 눈치나 보는 가장이 되어버렸다. 그렇게 오늘은 전철에 기대어 집에 오며 정말로 시가 쓰고 싶어서 아니면 정말로 시인이 되고 싶어서인지 눈물이 났다. 저 전주 강릉의 시인 형님들이 보고 싶었다. 그 형님 시인들에게 사는 게 뭔데 왜 이리도 꼬여가기만 하는지 시라는 게 뭔데 왜 이리 사람 마음을 짓누르는 건지 하며 실컷 푸념이라도 하고 싶었다. 그렇게 우겼다. 난 시인이 아니라고.

낭만에 대하여

자정이 가까운 시간. 옥산장 아주머니는 늦은 밥상을 차려주고 애꿎은 파리채만 날린다. 늦은 시각 홀로 어디서 무엇을 하다가 왜 이 여량 땅으로 찾아들었는지 꽤나 궁금한 눈치였지만 끝내 묻지 않는다. 아주머니가 밖으로 나가고 휑한 대청 큰 밥상 앞에서 혼자 된장 바른 밥숟갈을 뜨고 꽁치의 살점을 뜯으며 그래 무슨 영광을 보자고 이렇게 입을 호사시키는지. 무엇을 주체하지 못하고 구절양장의 밤길을 달려왔는지. 망연자실 소주잔을 어쩌지 못하고 있는 나는 지금 누구인가. 가물어 바닥을 드러낸 아우라지를 휘돌아 구절리로 가는 철길을 따라온 이른 아침의 폐쇄된 역두. 몇몇 피서객들이 열차를 기다리고 있었다. 누구나 가슴 아린 사연 하나쯤 깊이깊이 품었으리라 여량 아우라지. 콧등치기 국숫집 아래 옛날식 다방에 앉아 낭만에 대하여 노래를 듣는다. 밤새워 마셨다는 마담과 여름날 이른 아침 뜨거운 커피 한 잔으로 속절없는 사랑의 쓸쓸함 애달픈 그리움을 달래고 임계 땅으로 향하는 길. 비가 올라나 눈이 올라나 높게 부르는 것이 아닌 아우라지 뱃사공아. 낮게 부르는 아라리가 어찌 아리던지.

길을 묻는다

인천 주안 있잖아 거기 인천기계공고 가기 전에 비디오가게를 하며 살 때 시흥고에 있었어 금천고등학교로 이름이 바뀌었지 시흥사거리에 분이네 순댓국집 출출해진 퇴근길 한잔하고 버스를 타면 길이 밀리니까 개봉동 오류동 부천 부평 지나 주안 집에까지 한 시간 반에서 두 시간이 걸리는 거야 그땐 그랬지 그땐 애들하고도 가끔 한잔하기도 했어 비디오가게를 말아먹고 다시 안산 집으로 갔어 시흥고에서 구로고로 옮기던 해에 차를 샀지 그러니까 에스페로 그 차를 십구만 키로 타고 레조로 바꿨지 그게 지금 이십오만이 다 됐어요 엄청 타는 거지 다들 무슨 나라시 뛰냐고 그러지 그러니까 다들 그러는 거야 달리는 지도책이라고 지금은 달리는 내비가 됐지

구로고는 선생들끼리 주구발이라는 걸 만들어 공찬 생각밖에 나지 않아 안산에서 분당으로 이사 온 후였지 학교까지 가려면 십 분만 늦게 나오면 사십오 분에서 한 시간이면 가는 걸 한 시간 반 이상 걸려요 개포로 옮겼어 그때 교감이 불러서 그러더라고 엄한

148

놈들이 엄청 찝쩍댔다고 타워팰리스 터파기 공사 시작할 때였지 운동장에서 보면 북쪽인데 야 그거 무섭게 올라가더라고 나중엔 무슨 범접할 수 없는 커다란 벽이 되는 거야 운동장에서 보면 학교는 엄청 답답해졌지 차는 집사람 주고 전철 타고 다녔어

그때도 좋았지 가끔 차를 가지고 출근하다 보면 라디오에서 이런 광고가 나오는 거야 "좌회전하면 수서 10km, 우회전하면 속초 230km라는 표지판이 보인다 핸들을 오른쪽으로 꺾어 속초로 가고 싶은 마음이 잠시 들었지만 나는 왼쪽으로 핸들을 돌린다" 뭐 그런 내용이었지 난 그걸 진짜로 실행한 거야 강원도로 전보내신 했지 그리고 속초상고 야구부장 하면서 이 년을 살았지 장천산방 그 적막강산에서 말야 가자마자 삼월 십이일에 청대산 산불이 나서 말도 아녔어 그때 학교도 차도 몽땅 타는 줄 알았다니까

이 년 만에 춘천으로 다시 내신을 냈지 공부한다는 핑계를 댔는데 근데 누가 체고로 떨어뜨릴 줄 알았냐

고 이 자식들 날 이 년 동안이나 물 먹이고 있잖아 빨리 옮겨야지 내년엔 갈 거야 농고든 여고든 어디든 가겠지 뭐 공부나 열심히 해야지 뭐 시는 못 써 안 쓰는 건지 못 쓰는 건지 모르겠어

아직은 촛불을 켜지 말자

내가 사랑하는 그 사람은
혼자 아파하다
아픔도 눈물도 없는 곳으로 떠났다
내가 사랑하는 그 사람은
나에게 새롭게 뜨거워진 심장
우뚝한 사랑을 주고 돌아섰다
그러므로 지금은
그 사람과 함께 돌아서서
조용히 흐느껴 울 시간이다

홍진에 물든 세상이나
그 세상에 부복하여 살아온
무지와 어리석음을 탓하기에는
그를 보내는 시간이 너무 아깝다
지금은 불멸의 진리를 의심하고
사랑하는 사람이 돌아서지 않았음에도
사랑의 진실을 외면한
스스로에게 멈추지 않는
눈물의 벌을 가할 때이다

내가 믿고 우러렀던 것이
운명적인 사랑이 아니라
세속적인 욕망이었음을 받아들여
참회하고 속죄할 시간이다.

지금은 내가 사랑하는 사람이 완성한
사랑의 심연에 닿기 위해
눈물을 흘려야 할 시간이다.
거기에 내 운명적인 사랑의
닻을 내려야 할 시간이다
내가 사랑하는 사람이
사랑했던 모든 것들을
내 영혼에 덮어씌우고
지문으로 새겨 넣을 시간이다

슬퍼할 만큼만 슬퍼하자
지금은 움직이지 말자
미동도 하지 말고
눈물로 어긋나고 내동댕이쳤던

내 사랑의 상처를 씻어내자
내가 죽도록 사랑했다고 믿었던
그 사람을
한 걸음 물러나고 두 걸음 더 물러나서
저만치서 다시 바라보자

아직은 촛불을 켜지 말자
주먹을 쥔 손등으로
눈물을 닦아내며 일어서는
그날까지는
온유하게 기다림을 완성하자
사랑하는 사람을 위해
촛불을 켠다는 것은
내 사랑하는 사람이
사랑하는 것을 위해
목숨을 거는 것이어야 한다
그날은 반드시 오리라
그날이 오면
사랑하는 사람이 내게 준

뜨거워진 심장으로 촛불을 밝히리라

내 사랑하는 그 사람이
사랑하고 사랑하던 오월
푸르른 청산 화엄이 지나고
유월이 오고 또 다른 세월이 오면
내 사랑하는 사람의 심연에서 비롯된
그 닻줄을 발목에 걸고
촛불 밝히며 세상에 뛰어들자
그렇게 내가 사랑하는 사람에게
당장 할 수 있는 것에 대하여
더 이상 눈감지 말자

그것이 끝이 보이지 않는 기다림일지라도
죽음보다 깊은 외로움일지라도
돌아서 가지는 말자
거침없고 당당하게
내가 사랑하는 사람이
눈물겹게 바라보는 세상으로

가슴 펴고 손 맞잡고 달려가자

(2009. 5. 23. 한겨레신문)

애련강哀戀江을 찾아서

그 사람이 그곳에 닿았던 일을 이야기했을 때 예감
했었다

그곳에 닿아 되돌릴 수 없이 머물러 있는 생을 돌아
보리라

애련리 원서헌 느티나무를 돌아 한참을 더 달려야
만 했다

문득 좁은 길이 끝나고 강물을 가로지르는 철길이
보였다

복선 철로 교각이 터널을 향해 휘어지며 내달리고
있었다

애련강을 흐르는 물소리만 이른 아침의 고요를 깨
웠다

아득하고 너른 그리움과 외로움이 강물로 흐르고
있었다

두 팔 벌리고 울부짖는 영호의 모습도 이제는 색이
바랬다

녹수청산은 무심하고 맑은 햇살이 빛나는 철길은
뜨거웠다

망초 꽃들이 무리지어 부드러운 바람에 흔들리고

있었다

　박하사탕처럼 투명하고 맑은 그리움이 짠하게 흔들렸다

　강가에 머무는 동안 철길 위로 아무것도 지나가지 않았다

　시간은 정지했고 산등성이 위로 얼핏 엷은 구름이 스쳤다

　돌아갈 곳 내릴 곳 머물 곳을 알 수 있다면 행복할까

　그럭저럭 살아왔으니 앞으로도 꾸준하게 살아가야 한다

　그 사람의 심연에 닿으려는 눈물을 거두고 혼자서 가야 한다

　강가에 널려 있는 무수한 돌멩이들을 밟으며 돌아가야 한다

　여울져 흐르는 사랑을 새기면서 굽이치는 일상을 살아야 한다

　강가에서 둥글고 넓적한 돌멩이 하나 주어가지고 갈까

돌 틈에 솟아 피어 흔들리는 망초 꽃들을 보고 생
각을 접는다
　아무 데서나 찔끔거려도 괜찮을 것 같은 눈물이 흔
들렸다
　강가 철길을 가로지르며 새 한 마리 포로로로 날아
올랐다

산수유나무 그늘에서의 일

양평 개군 산수유 마을 소문난 천서리 막국수 마을에서 가까운 곳이었다. 산수유나무들 잎을 틔우기 전에 화르르르 노오란 꽃들을 피우고 있었다. 지난해에 맺혔던 열매들 바짝 말라 가지 끝에 아직 주렁주렁 매달아 놓았다. 그 붉은 울음덩어리들 차마 버리지도 못 하고 있었다. 벌거벗은 몸으로 꽃부터 피워내면 어쩌자는 거야. 오는 봄을 기다리기 민망하여 몸부터 벗어던지는구나. 산수유나무 꽃그늘 아래에서 꽃보다 열매들을 먼저 보았다. 짜글짜글 말라비틀어진 산수유 한 알을 따서 입에 물고 속삭였다. 떫고 시큼하고 딱딱하게 마른 것이 꽃이 너무 예쁘네. 칠읍산 산수유 마을을 돌아 나오는 마을 어귀에 진달래 지천이었다. 지평을 지나 돌아오는 길에 막걸리를 사자고 하였다. 전차들이 굉음을 내며 지나갔다. 그 달짝지근한 막걸리 반 말짜리 두 통을 샀다. 지평막걸리는 트림도 나지 않고 머리도 아프지 않았다. 해마다 막걸리를 사가지고 올 수 있으면 얼마나 좋을까 생각했다. 그렇게 하리라 다짐해보기도 하는 것이었다.

정암사 산딸나무

사북 고한 지나 정암사에 가거든
적멸보궁 계단戒壇을 지키는
오래된 전나무 밑에 서보라
차마 다가가지 못하는
수마노탑을 우러르며
나무 밑동을 휘돌아가는 바람이
차가운 그리움으로 이마에 출렁이리라

만항재 넘어 정암사에 가거든
정상까지 찻길이 이어지는 곳으로 가보라
집도 절도 모두 들어내고
선수촌 리조트 골프장에 몸을 내어주고
그루터기 하나의 비석으로
이름 하나 겨우 얻은 함백산이
간혹 바람과 함께 주목을 키우기도 하지만
층층나무 고광나무 때죽나무들을 키우며
야생화 한철 꽃길이 되는
두문동에서 천지사방으로 길을 닫는다

어느 쪽으로든 정암사에 닿거든
죽고 사는 것이
자연의 한 조각 아니겠느냐며
온몸을 던진 한 인간의
극락왕생을 비는 근조 현수막 뒤에
속을 비우고 버티고 서 있는 거목을 돌아보라
적멸의 바람이 멈추는 곳이 있어
그 깊은 산중 어느 곳에선가
꽃 속에 꽃을 피우는
산딸나무 환하게 반겨주리라

민들레꽃이 말했다

나는 더 이상 잃을 것이 없어
차갑고 뜨거운 입술을 닫고
거기 그 자리에서 이렇게
분명한 자세로 너에게 피었던 거야

아무것도 할 수 없는 순간
온통 짙푸른 세상의 한철
아무 때나 아무 데서든 이렇게
선명한 저항으로 너를 기다리는 거야

한참 동안
나를 바라보다 뒤돌아선
기억조차 멀어져 가는 너의 등 뒤에
도저한 슬픔을 한 올씩 풀어내어
이렇게 날려 보내고 있는 거야

속삭임이 말했다

궁금한 것이 너무 많았었잖아 도무지 궁금해서 아무 일도 할 수 없었잖아 도저히 궁금한 것을 참을 수 없었잖아 도대체가 궁금하지 않은 것이 없었잖아 그랬잖아 궁금하지 않은 것처럼 묻기만 하면 어쩜 그렇게 속속들이 낱낱이 모든 걸 이야기해 줄 수 있었는지 너무 너무 신기하기만 해 어떤 이야기도 다 할 수 있었어 할 수 없는 이야기는 아무것도 없었어 그렇게 한철 아낌없이 속삭여 주던 너의 이야기들이 귓가에 쟁쟁 맴돌았어 그 속삭임이 대뇌피질에 반짝반짝 새겨지고 모세혈관을 타고 전신으로 퍼졌어 멈추지 않을 것 같던 그 속삭임의 펌프질이 끝났네 차갑고 뜨거운 그 심장의 입술이 마지막으로 속삭여 주네 말을 하면 알아들어 먹어야지 그렇게 모르겠어 다 해줬잖아 이제 일상으로 돌아가 아무런 일도 일어나지 않은 거야 속삭임이 있었는지 없었는지 아무도 모르는 일인 거야 노래인 줄도 모르고 눈물인 줄도 모르고 사랑인 줄도 모르는 이 청맹과니야

4부

기억의 총량

세월호 일기초日記抄

2014년

4월 16일

비명이 나온다. 화면 가득 뒤집힌 배 앞에서 무기력하다. 이 참담함을…… 나는 오늘 비로소 국가를 버린다. 내 국가는 내 앞의 아이들이다. 그들이 내 공경의 대상이다. 그뿐이다. 나보다 먼저 별이 된 아이들. 아이들아 미안하다. 미안하다.

4월 30일

대구 달성보 자전거 둑길에서 키 작은 이팝나무들을 만나다. 얘들아 그날 아침밥은 먹었니? 잔인하고 서러운 세월이 가는구나. 얘들아 그날 아침밥은 먹었니? 자꾸만 눈물이 난다.

6월 4일

결국 세월호의 눈물이 학교를 살리고 교육을 바꾸고 세상을 변화시킬 수 있을까? 진보 교육감 열한 분! 아이들아 잊지 않을 거야. 눈물도 멈추지 않을 거야. 가만히 잊지 않을 거야. 당장 할 수 있는 일에 눈 감지 않을 거야. 분노하고 행동할 거야. 내 앞의 아이들에게 더 미안해할 거야.

7월 26일

"세월호 이후의 시민들의 직접 행동과 전망"이라는 주제의 집담회. 천정환 선생이 한 부분의 발제를 제안하다. 20분은 너무 길 거 같다. 눈물만 보이게 될 것이다. 도대체 내가 무슨 희망을, 어떤 전망을 주억댈 수 있겠는가. 참혹한 세월을 견디는 데 연대와 공감이외에 정말 필요한 것은 스스로의 생을 뒤집고 세상을 바꾸려는 선동이겠다. 그러나 나에겐 눈물밖에 남은 것이 없으니.

집담회. 아, 이 젊은이가 내 옆에 앉아 있다. 용혜인. 집담회 끝나고 참석자들과 국밥 한 그릇 먹고 광화문. 청와대로 가는 길은 막히고, 이제 어디로 가야 하는지, 102일째. 세월호와 함께 길을 잃는다.

내가 보기에 함량 미달의 영화 명량에 대중이 동원
되는 것은 4·16 전이나 똑같다. 유민 아빠의 목숨을
건 단식에 피눈물이 난다. 필경 무지하고 어리석기 짝
이 없는 정치 모리배들을 앞세운 자본과 국가는 4·
16 학살의 모든 것들을 자신들의 입맛대로 전유할 것
이다.

교황 방한과 무관하게 수사권 기소권을 보장하는
세월호참사특별법 제정에 미온적인 이들에게 항의하
러 국회의사당으로 가는 길. 광화문까지의 도보 행진
에 머리 하나 보태는 일.

베란다 화분에 심은 박꽃이 진다. 꽃이 핀들 열지
못한다. 지금 그러하니 한 석삼년은 더 가겠다. 다시
석삼년보다 오랜 세월. 눈물 따위로 마른 심장을 적
시겠다. 단식 중인 유민 아빠 김영오 씨. 살아남아 해

마다 박꽃 피워봅시다.

8월 23일

4·16 이후 분노란 말이 떠나질 않았다. 그러면서도 분노를 조절하는 힘이 겸손이라고 생각했다. 끊임없이 보다 더 겸손해지자고 스스로를 곧추세웠다. 오늘은 겸손이 싫다. 내일도 그렇겠다.

9월 16일

교육부에서 학교 내에서 노란 리본을 금지한다는 공문을 내려보냈단다. 교육부 스스로 해체 수순을 밟고 있구나. 내 모자에 내 배낭에 내 팔찌에서, 내 가슴에서 노란 리본을 떼어가라. 나를 해체시켜라. 나는 노란 리본이다.

9월 30일

비겁하지 않으려고 비겁한 놈이라는 소리만은 듣지 않겠다고 생각하며 선생질로 늙어온 시간들이 참혹하다. 4·16 이후 하루하루 학교가 싫다. 아이들만 바라보며 살면 된다고 여기며 견뎌왔는데. 아이들을 세상이 바라는 대로 사랑하기에는 이제 힘이 달린다. 아니 아이들보다 내 스스로를 더 긍휼히 여기고 있음을 고백한다.

2015년

1월 20일

4·16 280일. 간신히 팽목항에 닿다.

2월 22일

그대 떠나고 다시 맞는 봄. 물소리 바람 소리. 귀 기울이려고 흔들려도 괜찮아. 노란 리본.

3월 13일

가끔은 굴뚝에 철탑에 전광판에 매달려 있는 이들을 생각하며 별을 찾기도 할 것이다. 삼보일배를 하고 있는 승현이 아빠와 누이를 생각하며 자전거를 타기도 할 것이고 혼자 막걸리 잔을 기울이기도 할 것이다.
그렇게 4·16 참사 일 년이 다가오고 있다. 4·16 333
일. 나는 아직 체육 선생으로 살고 있다.

3월 28일

여의도 공무원연금 개악 저지 집회. 노동자 의식을
갖고 싸움이라곤 해본 일도 없는 교총 회원 같은 이
들로 가득 찼다. 이 허접한 국가를 만들어 온 앞잡이
들. 단상에서 목청을 높이는 이들 한 편에서 세월호
가족들을 만나니 그냥 눈물만 흐른다. 산수유 활짝
피어나고 봄바람 산들 부는데 눈물은 멈추지 않는다.

4월 2일

심장에서 국가를 지운 지 일 년이 되어간다. 하루
하루 지겨운 밥벌이에서 놓여날 날을 기다리며 4·16
일주기를 맞는다. 비가 내리는 광화문 광장 유가족들
의 노숙 농성 사진을 보면서 분노가 치밀 뿐. 이도 모
자라 저들만의 이 허접한 국가는 아이들 보상금 이
야기로 유가족들을 모욕하고 있고 유가족 50여 명이

삭발을 했다. 승현이 아빠와 누나는 지금도 삼보 일 배를 하고 있겠지. 이 더러운 나라가 나의 국가일 수 있겠는가. 읍내에 나가 삭발을 했다.

4월 20일

세월호가 남긴 희망과 절망. 세월호 일기(초)가 수록된 책을 받아 들었다. 비극 앞에서, 참사 앞에서 살아남은 이들이 할 수 있는 일이란 것이 대략 이런 것뿐. 기록한다는 것은 기억하는 것일까. 가만히 있지 않는 강원대 교수 네트워크의 역작. 박주민 당선자 이름도 보인다.

4월 27일

시청 광장. 백기완 선생님을 가까이서 뵈었다. 선생님이 달고 있는 노란 리본 색이 바래간다.

5월 23일

노무현 6주기. 노란 리본을 단 자전거. 그와 함께 달린다. 느랏재 임도. 녹수청산이 서럽다.

5월 28일

어제 자전거 싣고 노포동에서 내려 구포 을숙도 지나 김해까지 왔다. 오늘은 그 사람 보러 봉하마을을 휘돌아 왔다.

5월 31일

아침에 상추 뜯고 아욱국 끓여놓고 파 한 단 이면수 한 손 사러 중앙시장에 가는데 무연한 눈물이 흘렀다. 차를 대고 횡단보도 가기 전 앞 차에 붙은 노란 리본 스티커가 아침 햇살에 환하다. 그런데 자꾸만 눈물이 났다. 이 뜨거운 날 승현 아빠와 누이는 삼보일배를 하고 있고, 세월호 시행령이나 전교조 관련 교원노조법 제2조는 합헌이라는 말도 안 되는 짓거리가 판치는 슬픈 나라. 도대체 법외 노조라는 용어는 무슨 소린지 26년 동안 모르겠다. 몹쓸 것들. 세월호 인양을 위한 나라를 하나 만들어야만 한다.

6월 5일

7일부터 13일까지. 성남에서 광화문 광장까지. 승

현 아빠 삼보일배. 한쪽 차선을 허하라!

6월 17일

국가는 실체가 없다. 공동체의 한 이름일 뿐이다. 국가를 전유하는 자들에 의해 슬픈 국가가 탄생되는 것이다. 4·16 학살로 대한민국이라는 국가는 침몰하기 시작했고 메르스로 완전히 가라앉고 있다. 슬픈 국가를 건져 올리는 것도 결국은 공동체의 힘이다. 지금까지 국가를 전유해 온 속물들이 어떻게 나올지는 불문가지.

7월 16일

아직 노란 리본 배지를 달고 다니며 잘 우는 전교조 선생이다. 늘 아이들에게 지면서 명퇴할 거라 큰소리친다. 그게 늘 아이들에게 미안하다. 그렇게 아무렇지 않게 늙어간다. 분명하게 깨닫는다. 세월호 아이들은 물론 내 앞의 아이들에게 내가 해줄 수 있는 것이 아무것도 없다. 어찌 슬프지 않겠는가.

8월 6일

못된 하찮기 그지없는 권력일수록 애도에 극도의 두려움을 갖는다. 슬퍼할 권리조차 철저하게 묵살한다. 뒤돌아볼 수 없는 반쪽 인간들. 무젤만을 자처한 인간들과 어쨌거나 한 하늘을 이고 견뎌야 한다. 바다 밑 세월호 선체 촬영조차 가로막는 더럽고 비열하기 짝이 없는 국가 폭력의 염천을 견디는 여름날이 간다.

8월 13일

슬픈 국가의 책 읽기. 『팽목항에서 불어오는 바람』. 여러 곳에 밑줄을 그었다.

9월 16일

박용하. 『시인일기』. 274쪽. 지금을 다른 말로 하면 기억의 총량일 것이다. 지금의 깊이는 우리가 살았던 기억의 깊이일 것이다. 아 동거차도.

9월 30일

집단 기억은 만들어진다. 축적되면서 착종되거나 고착되기도 한다. 이와 달리 개인 기억은 살아 숨 쉰다. 기억하는 인간이 살아 있는 동안만이다. 그러므로 기억하는 이들에게 망각은 죽음과 동의어가 된다.

10월 13일

다니엘 페나크. 『몸의 일기』. 76쪽. 책장을 넘기고 첫 줄을 읽으며 눈물이 터진다. 어릴 적 봇물이 터지는 걸 본 일이 있다. 빈 들판을 바라보며 한동안 울었다. 7교시 수업이다. 동거차도 앞바다 304인의 이름들을 만난 듯했다.

11월 4일

배경이 지워지는 풍경을 지운다. 풍경이 지워짐을 서러워하지 말라. 배경 따위 아무리 지워져도 아무 상관없는 것. 나의 배경인 그대여. 기꺼이 그대의 지워진 배경으로 소멸하겠다. 국정화 교과서로 스스로의 배경을 지우겠다는 무리들. 햇살 한 줌이면 스러질 것들에 정복당한 세월이 하찮구나. 나를 국정화할 수는 없을 것이다.

11월 19일

4·16 일주년 이후 내 건배사 건배 제의는 김×태 하면 개새끼다. 세월호 인양 말자는 이 자식은 정말 가지가지 한다. 내 눈에 띄지 말기 바란다.

11월 20일

읍내 오거리 일인 시위 결합. 다리 건너 학교 가는 아이들이 길 건너에서 손 흔들어 주는데. 아이들 선동한다고 신고 들어왔다며 경찰차가 다가와 멈춘다. 머쓱하니 그냥 가기는 했지만 촌구석이 아니다. 온 나라가 광화문 광장이다.

12월 5일

일찍 출발해 동묘시장 골목부터, 평화시장 광장시장 방산시장 골목을 휘돌아 시청 광장. 반가운 얼굴들 중 지부 친구들이 젤 반가웠다. 대학로 뒷골목. 주

최 측이 오지 말랐다며 난감해하는 문재인 일행을 만났다. 세월호 단식 모습이 생생한데. 사람들은 너무 많이 모였다. 문득 평화라는 말이 생경하다. 아무튼 평화를 빕니다. 8시 46분 청량리발 ITX로 돌아왔다.

2016년

4월 15일

학교 연못가에 수선화가 피었다. 노란 리본을 닮았다. 전교조 자료로 계기 교육을 하면 처벌한다는 이상한 나라. 제보하면 상품권을 준다는 나쁜 나라. 그러거나 말거나 명포 교사는 노란 리본과 늘 함께한다. 4·16 진실이 밝혀지고 책임자들이 합당하게 심판을 받는 날까지 그렇겠지. 수선화가 수줍게 피어나는 찬란한 봄날이 눈물이다.

4월 16일

타인의 고통을 기억한다는 것은 자신의 고통을 위

로하는 여정과도 같다는 생각을 해본다. 타인의 고통과 접속해 자신의 고통을 대면하고 응시할 수 있어야 한다는 것이다. 그러나 분명한 것은 타인의 고통이 내 고통보다 늘 크거나 무겁다는 것이다. 그러므로 타인의 고통은 나의 고통을 가볍게 만드는 힘이 있다. 타인의 고통에 물들어 마주하는 것은 자신의 발견 이외에 아무것도 없다. 터질 듯한 고통으로부터 자기 치유의 가능성을 발견한다는 것이다. 죽음을 목전에 둔 한 인간에 닿았다는 것인지도 모른다. 4·16. 2주기 아침.

8월 5일

YouTube 네버엔딩 스토리 4·16. 한여름의 눈물. 그냥 한참을 울었다.

8월 22일

세월호 참사가 터지고 그해 오월 청와대 홈페이지에 대통령 퇴진 게시 글 2차 서명, 15년 다시 1주년을 맞아 서명. 14년 서명 건은 그해 12월 경찰 조사. 15

년 서명 건은 지난 7월에 경찰 조사를 받았는데. 당연 모두 묵비. 11·14 민중총궐기대회. 백남기 님 쓰러진 시각 전후해 현장에 있다가 채증을 당했고 기소되었다. 지난 1월 경찰 조사 받고, 4월 검찰 조사. 5월 벌금 400만 원 약식 명령. 6월 정식 재판 청구. 7월 공소 기일 변경. 오늘. 법정에 서기. 무죄를 다투기.

11월 9일

두려움을 많이 버린 한 인간에 다가갈 수 있을까. 세월호 올라올 때까지 눈물은 멈추지 말자. 다시 울자. 눈물의 힘으로 세월호는 올라올지니.

2017년

2월 17일

안산. 아이들 세 명과 텅 빈 분향소를 들렀다. 아이들도 그렇지만 교무실의 선생님들 빈 자리 사진을 보는데 참 견디기 힘들다. 함께 와준 재준 윤범 본준

고맙다.

2월 27일

가마우지 마을에 봄은 오고 있지만, 길가에 버려진 사람들에게, 세월호가 건져 올라오기 전까지 봄은 너무도 멀리 있다. 동거차도와 팽목항에 부는 바람이 눈물의 힘겨운 힘으로 밀어 올리고 밀어 올려져 봄소식이 춘천의 가마우지 마을까지 당도했다.

3월 23일

세월호 인양 말자는 상스럽기 그지없는 태극기 부대, 춘천 국개 김×태 같은 좀비들 끌어모아 그것들이 좋아하는 살처분해야 할 때.

3월 28일

눈물의 힘으로 세월호는 올라왔으니 이제는 진실을 인양하라!

4월 9일

어느새 세월호 3주기가 다가온다. 일주기를 앞두고 엄마들 삭발한 모습을 보고 읍내로 나가 동조 삭발했었지. 장미 대선에서 더러운 꼴을 본다면 가차 없이 다시 밀어버려야지. 세월호가 뭍으로 올라오기까지 기다림의 시간은 지난 삼 년의 기다림과 비례한다. 기다림에 지침 따위가 있을 리 없다. 어떤 기다림이든 눈물 없는 기다림은 가짜다. 어떤 기다림은 분노로 타오르기도 한다. 그랬다. 어제 저녁 텃밭 검불들을 그러모아 태웠다.

4월 14일

세월호 3주기를 앞두고 노란 리본을 만들어 나누는 아이들 앞에서 또 눈앞이 흐려진다. 춘천에서 화천을 가는 북한강 벼룻길 진달래 산천이다. 눈물지으며 웃음을 짓는 날들. 그렇게 살아가는 법을 새기는 날들. 죽어간 것들과 살아 있는 모든 것들을 사랑하는 법. 눈물의 힘이 방방곡곡에 스며들고 있는 세월호 3주기.

4월 16일

우리 모두는 언젠가 아이들처럼 별이 되어서도 서로를 그리워하겠지. 3주년, 오늘은 혼자 실컷 울었다.

2018년

3월 31일

따뜻한 바람은 북쪽에서 불어왔다. 모두의 꿈도 이루어질 것이다. 내년 가을, 자전거를 타고 기필코 옹진반도를 가기 위해, 더 이상 잔인한 4월을 맞지 않기 위해, 그날, 바다를 잊지 않기 위해. 오늘은 그렇게 자전거를 탔다. 홈플러스 삼포 골프장길 모래재 원창고개 가마골소머리. 김영섭 남궁두 함호식 김성태 변기인 이건학과 함께.

4월 6일

삼 년 째 경찰과 검찰 조사와 재판 출석을 하는 것이 장난 같기만 하다. 오늘 나는 법정으로 들어간다.

4월 16일

세월호 4주기. 푸른 하늘을 보여주고 무엇이든 밀어 올려주는 아이들아. 심장에 새긴 아이들처럼 텃밭 인삼 새싹이 밀려 올라오고 있다. 그렇다. 그대와 내가 강고하게 연결되어 있다는 것을 부정하고 외면했던 무지하고 어리석었던 찬란한 봄날은 갔다. 덩달아 찬란한 눈물만 남았다. 4·3 70주년을 지나왔고 4·19와 큰아버지 기일 2주기를 앞두고 여 저 돌아다니며 묻고 또 묻고 있다. 그냥 가만히 있어야 하나요? 지나간 것은 지나간 대로 그냥 둘까요? 자격이 있나요? 당당한가요? 내가 따지는 건가요? 아무도 책임지지 않는 나라가 슬픈 국가 아닌가요? 어머니 돌아가시기 전에 제발 답 좀 해주세요!

잃어버린 시간을 찾아서

단기 4291년(1958년)

12월 4일

콘센트 막사 바깥쪽 출입문이 열고 닫힐 때마다 난로가 벌겋게 달아오른다. 철원 김화. 6사단 의무대 제1병동 막사. 나는 총 맞았다. 카빈 소총 탄환이 등 뒤에서 왼쪽 겨드랑이 바로 위를 관통했다. 지난 26일 밤 10시쯤. 어제 깨어났을 때 여기에 누워 있었다. 나는 30일 후에 죽는다.

12월 5일

바위에 짓눌린 듯 거대한 통증에 정신은 맑은데, 딱 그만큼의 무력감. 의무병의 도움으로 겨우 상체를 일으켜 떠 넣어주는 미음 몇 숟가락을 삼켰다. 신열에 들뜬 각성 상태. 모든 소리를 듣는다. 김 이병 힘내. 월요일에 후송이래. 나지막이 일러주는 의무병의 말이 젖어 있다. 나는 살아야 한다. 아직 철없는 색시, 잘 낳아놓은 돌 지난 아들이 있다. 나는 꼭 살아야 한다. 살려주세요. 회진 온 군의관에게 겨우 눈으로 말한다. 아 군의관이 눈을 맞춰주는데. 지혈 붕대를 가는데 다시 울컥 피가 번지는 것을 느낀다. 온몸이 피와 땀으로 젖어 있는 듯 이 느낌. 아내와 아이가 보고 싶지만.

12월 6일

두어 시간째 기침이 멈추질 않는다. 기침할 때마다 눈에 불이 번쩍번쩍 인다. 눈물이 따라 나온다. 잦아들 만하면 다시 터져 나오는, 아 이 이 몹쓸! 어머니! 아버지! 지상에 계시지 않은 엄마 아부지. 다시 터져 나오는 기침. 오늘 새벽은 멀다. 아 애 엄마.

12월 7일

아직 동이 트려면 한참 있어야 하지만 별을 보러 나가고 싶다. 생각뿐 몸은 전혀 말을 듣지 않는다. 미군이 쓰다가 넘겨준 콘센트. 천정에 매달린 갓을 두른 두 개의 백열전구. 통로 가운데 석탄 난로 무쇠 냄비에서 물이 끓고 있다. 여덟 개의 병상 중 두 자리는 비어 있다. 오늘 새벽에는 다섯 명이 누워 있다. 출입문에서 맨 안쪽에 누워 조금만 뒤척여도 엄습하는 환부의 통증이 살아 있음을 확인시켜 준다. 앞 병상에는 대인 지뢰에 오른쪽 다리가 날아간 천 일병. 바로 옆자리에는 105미리 자주포 훈련을 하다 불발탄 화약을 뒤집어쓰고 폐렴으로 후송된 박 상병. 그 옆에는 대대 취사병으로 오른쪽 안면 어깨와 가슴 부위에 화상을 입은 문 이병. 참호 작업하다 야삽에 정강이를 찍은 김 병장은 그중 상태가 좋은 편이다. 출입구 쪽 칸막이가 된 병상 두 개는 간부용인데, 오늘 들어온 공병 장교 최 중위는 교량 공사 발파 작업하다 다리와 눈을 다쳤단다. 오늘 중으로 헬기로 수도병원으로 이송한단다. 부하 두 명이 죽고 가볍게 다친 두 명은 대대 의무반에 있다는 이야기들을 한다. 사단장 부관이 다녀가고 군의관이 수시로 들락날락하며 최 중위를 살핀다. 3대대 2중대 김 중사는 교통사고로 경추를 다쳐 하반신이 마비될 것 같다고 한다. 총상 환자는 워낙 드믄 편이라 군의관과 의무병들이 잘 대해주고 있다. 열흘 이상 입원 치료를 해야 하는 환자들은 후송병원으로 가야 한다. 오늘 양평 59후송병원 후송 명령을 받는 날이다.

12월 8일

쓰러진 지 14일째. 상처 부위의 붓기가 가라앉을 기미가 없다. 액와 동맥 손상으로 출혈도 멈추질 않아 하루에 두 번씩 처치를 받는다. 환부의 고통은 전신의 신열로 번져나간다. 아내보다 아이가 더 보고 싶다. 후송이 늦어지고 있다. 오늘은 갈 수 있다고 한다. 아직 3야전 병원에 누워 있다.

12월 9일

"전입함(3야전에서). 치료함. 소량의 배혈 있었으며 상반신 특히 관통 부위의 부종 심하여 동통 심히 호소함"

12월 10일

어제처럼 오늘이 당연하다. 내가 할 수 있는 것은 아무것도 없다. 의식도 의지도 생각도 꾀함도 그 어떤 것도 아무 소용없고 눈물도 아무것도 없다. 그 모든 것이 당연하다. 세상에! 모든 것이 당연하다. 멈추지 않고 흐르던 식은땀과 피, 흘린 눈물과 침에 젖어 얼룩진 침대와 베개, 결국 나의 무덤까지 당연하겠지. 묘비도 없이 잊힐 나는 당연히 아무것도 아니다. 총 맞은 한 인간일 뿐. 하루 정도는 사뿐히 건너뛰는 속절없는 기다림, 눈물. 찔끔거리지 않아도 그대가 그리운 것은 당연하다.

12월 11일

"치료함. 다량의 배혈 및 배농 있었음. 환부의 심한 동통 느껴 수면치 못함. 전신 상태 극히 쇠약함"

후송병원에 이렇게 누워 있는 나는 스물셋이다. 이백오십여 리 떨어진 곳에 아내와 한 돌 반이 지난 아들이 있다. 양주군 남면 구암리 48번지. 여기는 양평. 죽지도 않고 병신도 되지 않는다. 군의관도 간호 장교도 의무병들도 다 그렇게 말한다. 야전 병원에 딱 한 번 찾아온 중대장이 한 말과 똑같다. 나는 죽어서도 병신이 되어서도 안 된다. 살아야만 한다. 통증에 잠들지 못하는 날들 아내에게 편지를 써야만 한다.

그러나 마음뿐 몸이 움직여지지 않는다. 편지, 편지를 써야 한다. 편지를 기다릴 아내. 아 애 엄마.

12월 21일

아내는 새벽에 일어났을 것이다. 잠을 설쳤겠지만 잠든 아이를 두고 가마솥에 먼저 불을 지폈겠다. 쌀을 씻어 새벽밥을 지었을 것이다. 뜸을 들이는 동안 아이 목욕도 시키고 밥숟갈을 드는 둥 마는 둥 서둘러 아이를 포대기에 꼭 싸 업고 신작로에서 첫차를 탔겠지. 청량리나 마장동쯤에서 양평 가는 버스를 갈아탔겠지. 의정부에서 열차를 타 청량리에서 갈아타고 양수리에서 내렸는지도 모른다. 점심시간이었다. 아내가 아이를 업고 들어섰다. 업은 아이부터 풀어놓는다. 무어라고 말을 할 수도 없다. 서로 말을 하지 못한다. 기껏해야 서로 괜찮으냐는 말, 괜찮다는 말. 아무 걱정 말라고 했다. 코피가 흘렀다. 왜 코피가 나? 아내가 묻는다. 아무렇지도 않게 거즈로 코피를 닦는다. 죽지도 않고 병신도 되지 않으니 아무 걱정 말라고 했다. 그들이 그렇게 말했으므로. 며칠 있으면

한 보름 있으면 아니 한 달 정도 있다가 집에 갈 테니 걱정 말라고. 그들이 그렇게 말했으므로. 아이 잘 키우라고. 다른 이들 업히지 말고 애 잘 보라고, 아무 걱정 말고 집에 가 있으라고. 그뿐이었다. 잠시 앉지도 서지도 못하고, 병상을 오가는 아이에게서 눈을 떼지 못하고 눈도 마주치지 못하고 그렇게 아내는 울지도 못하고 새댁인 애 엄마는 눈물도 보이지 못하고 애써 웃지도 못하고 뒤돌아보며 그렇게 갔다. 잘 낳아놓은 아들. 예쁜 색시를 봤으니 이제 괜찮다. 동지 열이틀.

슬픈 연대기

단기 4292년. 1959년. 1월 12일. 죽은 지 아흐레 만에 나는 양평 양수리 모처에서 화장되었다. 남긴 것은 '도장 1매'. 유골은 '용기번호 588호'에 담겼다. 어디인지 모르겠다. 거지반 일 년 반이 지났다. 유골함에 담긴 나는 1960년 5월 25일 동작동 국립묘지 51묘역 3판 28124호 비석이 되었다.

1961년

1962년

1963년

1964년

1965년

1966년

1967년

1968년

1969년

1970년이 지나갔다. 그리고

1971년, 1972년, 1973년이 지나갔다. 두 살배기 아
들이야 그렇다 치고, 아내도 내가 죽는 걸 보지도 못
했다. 죽은 다음에도 찾아오지 않았다. 화장될 때도,
1년 후 국묘 안장될 때도 아내는 물론 아무도 찾아
오지 않았다. 아니 아내는 내가 죽는 줄 몰랐고 화장
된 것도 몰랐으므로 올 수 없었다. 묻힌 지 14년 만
인 1974년 음력 동지 스무사흘. 고등학생이 된 아들

이 교복에 모자를 쓰고 찾아왔다. 내가 죽고 15년 만이구나. 내 그럴 줄 알았지. 네 엄마가 고생 많이 했겠다. 잘 키웠구나. 그러나 나는 아직 구천을 떠돌고 있다.

1975년, 그들은 그날 카빈 소총의 방아쇠가 당겨진 이후 아내와 아들의 존재를 지웠다. 아내가 올 때까지 나는 구천을 헤매게 되겠지. 1975년 6월 6일. 현충일에 아들이 왔다. 그리고 이후부터는 해마다 음력 동지 스무사흘이면 어김없이 아들이 찾아왔다. 1976, 77, 78, 79…… 고등학교를 졸업한 아이는 스물세 살 되던 해 친구들과 함께 오기도 했다. 그렇게 세월이 흘렀다.

1980, 1981년. 현충일에 온 스물다섯 살 아들은 대학에 입학했다며 절을 했다.

1982, 1983년. 7월 16일. 드디어 아들이 아내를 데리고 왔다. 이산가족 찾기 방송으로 형을 찾은 것이

다. 스물셋 새댁이었던 아내가 50이 넘었다. 풋풋했던 모습은 찾아볼 수가 없다. 많은 사람들이 함께 왔다. KBS 방송 카메라 기자들. 그 옆에 셋째 형도 함께 오셨다. 형님이 묘비를 끌어안고 통곡하신다. 늙어가는 아내도 형님 옆에서 하염없이 운다. 그러나 나는 구천을 떠날 수 있을까?

2014년 10월. 병상 일지와 화장 보고서를 받아 든 아들은 56년 만에 나의 죽음과 대면했다. 스물넷의 나이에 죽음을 앞둔 내게 빙의되어 운다. 운다. 그러나 아무리 깊은 슬픔일지라도 죽음을 이길 수 없으리라. 진실의 빛이 애 엄마와 아들의 이마에 닿기를……

56년 후

2014년 9월 30일

근 20년 만에 잃어버렸다고 생각한 아버지 유품이 나왔다. 아내가 사주단자 속에 들어 있었던 것을 찾아낸 것이다. 단 석 장의 사진으로 남은 스물한두 살 무렵의 모습. 펜글씨가 남아 있는 수첩.

2014년 10월 10일

서울역에서 가까운 국민권익위 들렀다가 만리동 쪽 길가에 앉아 데리러 올 동생을 기다리는 중. 이른 점심 먹으러 동태찌갯집을 찾아들었는데 막걸리가 없다고 해 그냥 나왔다. '월남 참전 기념일을 국가 기념일로!' 참 뻔뻔한 현수막을 다 보네. 평화는 어디에 있는가.

2014년 10월 27일

계룡대 국방부를 직접 방문해 55년 만에 아버지의 병상 일지를 받아 들었다. 사망 진단서. 매화장 보고서와 함께.

2014년 10월 31일

제주 출장에서 돌아와 어머니에게 왔다. 어머니하고 둘이 앉아 쌀밥에 청국장을 끓이고 고등어 살점

을 뜯는다. 다시 옛이야기를 듣는다. 소성주 한 통을
다시 비운다. 실상은 LP판을 듣는 것과 같은 것이리
라. 이어폰을 꼽아드리니 이미자가 부르는 유정천리
를 따라 부르는데 빌어먹을. 문득 내가 내뱉는 말들
모두가 징징대는 거라는 생각에. 시월의 마지막 밤 따
위. 세월호 학살 이백 일. 세상이 온통 한통속이라도
아무 상관없는 일이다. 어머니에게는 돌아갈 고향조
차 없다. 남편이 군대 나가서 오발 사고로 개죽음을
당한 불쌍한 과부였을 뿐. 뒤에서 앞으로 나온 관통
상을 자해로 처리하려 했던 짐승의 시간들. 아무 때
아무 데서나 찔끔거리는 일.

2014년 12월 6일

나는 노비도 아닌 노예다. 지금은 돈이나 직장이나
가족의 노예라는 생각을 해보기도 하는데. 별이나 산
과 강 바다 나무들의 노예가 되었으면 좋겠다. 시외
버스 차창의 성에를 문지르며 출퇴근하는 노예로 살
아가고 있는 것이다. 오늘은 27사단 전역 후 4학년
복학을 앞두고 있는 새하 알바 면접지에 같이 왔다.

월리힐리 리조트. 돌아오는 길에 일부러 휘돌아 양평 해장국 뚜가리를 놓고 마주한다.

"리프트 부서가 좋은데 아무래도 괜찮다고 그랬어. 식음 팀만 아니면 좋겠어. 숙소는 8인실이고 금 토 일 제외한 날 쉴 수 있대. 최저 시급인데 연장 특근 점·오 따블 받으면 일하는 시간은 많지만 일당으로 6, 7만 원은 될 거 같아. 노예 계약이야"

아무럼 어떻겠니. 할 수 있는 일을 찾아낸 것만도 고맙고말고. 아들에게까지 노예계약을 물려준 것 같아 슬픈 노예.

2014년 12월 10일

정당 후원 교사 공판 마무리. 벌금 삼십만 원. 다시 세월호 관련 경찰 출석 요구서를 받았다. 화천 산천 어축제 불 밝히기 시작했다.

2015년 1월 2일

새해 첫날 어머니와 만두를 빚어 떡국 끓였다. 둘째 날 출근하는 어머니와 새벽길을 나선다. 나는 김칫국에 밥 한술 어머니는 아무도 안 먹는 굴국. 아침 일 마치고 무시루 한 쪽과 찐 고구마 한 쪽 드신단다. 팔순 어머니 그러시거나 말거나 갈게요. 한마디 남기고 운서역에서 공항철도를 탄다. 또 어머니를 길가에 버렸다.

2015년 1월 9일

엊그제는 아내와 수상한 그녀라는 영화를 보다 한 장면에서 둘이 함께 북받쳐 잠시 어쩔 줄 몰랐다. 어머니는 오늘도 일하러 새벽길을 나섰을 것이다. 아버지가 죽고 온 세상이 끝났던 어머니에게 지금까지 끌고 온 팍팍하기만 했던 생을 앞으로도 지속하게 할 권리는 아무에게도 없다. 어머니는 어머니대로 살다가 돌아갈 것이고 나도 그럴 것이다. 아버지 기일이 다가오고 있다.

2015년 3월 20일

국립 현충원에서 아버지 비문 교체 초안을 확인해주십사 하는 문자를 받았다. 어머니는 돌아가신 후

화장되어 아버지와 합장을 원하신다. 그냥 두라고 답장을 보냈다. 비문에 어머니 이름이 들어가지 않는다면 비문 교체는 의미 없다. 56년 후. 당시, 스물셋 새댁의 국가에게 묻는다. 이것이 국가인가.

2015년 4월 7일

2008년 호주제가 폐지되면서 예전의 호적 등초본이 사라지고 기본 증명서로 바뀐 것도 몰랐다. 법원 창구 공무원은 격무에 시달리는 것 같았다. 아버지의 사망 일자를 바로잡는 절차를 밟았다. 3개월 걸린단다.

2015년 4월 12일

"인생이 모자라지 돈이 모자르냐?!"
어머니 얘기. 정신이 확 든다. 동생들과 식구들끼리만 어머니 팔순 모임.

2015년 4월 25일

새벽 찬바람 텅 빈 시내버스. 나는 운서역에서 내리

고 어머니는 두어 정거장 더 가는 일터로 간다. 차창에 손을 흔드는 어머니. 몸 어느 한쪽이 무너지는 듯.

2015년 4월 28일

아버지 죽음과 관련해 어머니 기억이 정확하다는 판결(결정)문이 송달되었다.

2015년 5월 2일

TV 화면 네팔 지진. 어머니 밥숟가락 뜨다 멈칫하신다.

"여기가 지진 나야 돼. 큰 지진 온다며?"

왜요?

"거기 못사는 나라라며? 이놈의 나라엔 나쁜 사람들이 많잖아. 나라가 그냥 망해야 돼. 하늘하고 땅이 맷돌질을 해야 돼. 어유~ 그새 머리 많이 자랐네. 나 그 사람들 머리 깎는 거 봤어. 머리 깎으면서 울드라. 그 사람들하고 같이 깎은 거야?"

아니에요 어무니. 그 사람들 때문만이 아니라. 아니라. 어머니와 마주 앉은 밥상 앞에서 자꾸 목이 메는 건.

2015년 6월 6일

현충일만 되면 검은 리본 하나와 7천 원짜리 식권 한 장이 날아든다. 더 이상 굴욕을 느끼지 않는 대신 새겨진 슬픔에 금이 간다. 몹쓸 정부가 슬픈 국가를 만들어 내는 것이다. 그 슬픔이 혐오스럽기 시작하면 슬픈 국가의 민낯이 보인다. 다 접고 자전거 탄다. 원창고개 삼포 연화마을 의암댐 43번 북산집. 오랜만에 많이 모였다. 열셋. 좋다. 허접한 정권. 오래 못 간다.

2015년 8월 2일

하루 종일 비가 오락가락. 아침 여섯 시에 영종도 출발. 아홉 시쯤 춘천 도착. 어제도 임진강변엔 아침 나절에 비가 내렸다. 어유지리 어머니보다 더 늙은 이모가 마침 가마솥에 옥수수를 삶고 있었다. 염천에 옥수수 따고 가마솥 부시고 물 길어다 붓고 불 지피고. 노인들 돌아가시면 이런 호사 끝. 그렇게 어제도 돌아오는 길에 군이 의정부역에서 내려 전철로 가시겠다는 어머니. 결국 어머니를 또 길가에 버렸다.

2015년 8월 17일

오늘은 새하 생일. 일찍 퇴근해 흰쌀밥에 미역국 끓여야지.

2015년 8월 29일

유철인. 윤택림. 김귀옥. 이호신. 박기동. 박찬승. 언니들과 함께하는 한양대학교 학술대회 발표자로 종합 토론까지. 밀리는 강변북로를 달려 공항신도시. 엄마랑 저녁 먹는데 어이쿠! 고광헌 선생님이 전화를. 광화문에 계시다니 선생님은 좋겠다.

2015년 9월 29일

어제는 새벽 4시 반부터 14시간, 1,000km 넘게 달렸다. 어머니 모시고 합천 야로. 요양원에 계시는 큰아버지, 큰어머니 보고 오는 길. 오늘은 다시 어머니와 포천에 95세 시어머니 모시고 살고 있는 이종사촌 누이를 보러갔다. 아버지가 반공 포로 삼팔따라지로 집에 들었을 때 그리고 다시 군대 가서 총 맞아 죽은 것을 알고 있는 큰 누나. 어느새 칠순이라네. 눈물 바람만큼 유쾌한 자리였으나.

"자다 깼는데 보니깐 늬 엄마가 너를 안고 울고 있더라. 소리도 내지 못하고. 그때는 뭐 매일 그랬지 뭐."

2015년 10월 10일

어머니와 점심에 국수를 먹는다. 아침에는 콩나물국에 막걸리 일 병. 매일매일 오늘이 내 일생이다. 내일은 고구마 캐는 날.

"폭력을 당하게 되면 그 사람은 숨을 쉬는 생생한 인간에서 사물로 변형되어 버린다."

수잔 손택. 『타인의 고통』을 읽고 있다.

2015년 10월 21일

어머니 독립 만세! 반지하 방을 얻어 독립 세대주가 되신 지 삼 년 만에 팔순이 되어서야 전세 임대 자격을 얻어낸 어머니. 15평 이하 팔천 이내 각종 조건에 맞는 집을 도무지 구할 수 없었다. 선지불로 근저당

오천을 말소하는 조건으로 천신만고 끝에 11평 전세를 구했다. 얼마 되지 않는 이삿짐을 근처 가게 창고에 쌓아놓고 열흘 만인 이번 토요일 입주. 백수 되면 빌붙어 살 곳을 만들어 놓은 어무니 만세.

2015년 11월 21일

서울대학교. 한국구술사학회 학술대회. 열공 중. 잠시 졸기도 한다. 여름에 같은 주제로 발표도 한 자리. 중공군 반공 포로 문제 중국학자 발표 중. 내겐 또 다른 신세계.

2015년 12월 3일

어머니 보청기 하러 인천 다인병원. 앞뒤 없는 겨울 털모자 쓴 어머니가 웃는 게 웃는 게 아닌 것 같다.

2015년 12월 12일

문득 아내가 말한다.

"올해는 일월 이일이 아버님 제산데요? 돌아가신 날과 올해 달력이 똑같아요. 단기 태양력으로는 하루가 빠른데 신기하게 음력으로는 같네요."

병상 일지에 단기 4291년(1958년) 12월 12일 기록
은 없다. 어쨌든 아버지는 그날, 59후송병원에서 열
여드레째 병상에서 고통스러워하고 있었고 스무 하
루 뒤면 세상과 이별하게 된다.

2015년 12월 30일

출석요구서. 내일모레. 2016년 1월 1일 10:00까지.
화천경찰서로 출석하란다. 군대와 경찰에게도 노동
기본권을 허하라!

길가에 버려지다

2016년 1월 1일

어제는 이인범 장학사에게 명퇴자 명단에서 빠졌다
는 전갈을 받았다. 본청에서는 본인에게 알려주지도
않는군. 명퇴도 안 되는 참 아무것도 아닌 한 인간.

2016년 1월 6일

방학 다음 날 어머니에게 왔다. 이것저것 읽을 것들
과 컴퓨터를 챙겼다. 2일에는 아내가 춘천에서 인천
터미널로 버스로 와 픽업. 제사 준비를 함께했다. 3일
갔다가 4일 학교 들리고 저녁에 연구실 모임. 어제 다
시 어머니에게 왔다. 새벽 다섯 시 무렵 일어나 굼실
굼실 밥도 딱 한 숟갈 뜨고 혈압 약을 털어 넣으신다.
6시 십 분 이 동네에서 딱 어머니만 싣는 버스를 탄
다. 차로 모셔다 드리면 10분이면 되는데 골골이 휘
돌아 가는 버스는 40분 걸린단다. 어머니에게 와 있
는 동안은 아침에 일터까지 모셔다 드리고 오후 네
시에 다시 모셔오는 날들. 물론 저녁도 차린다. 그러
나 당분간의 이 생활은 어머니를 위한 일이 결코 아니
다. 나를 위한 것이다. 인간은 결국 자신만을 살다 죽
는 존재 아닌가.

2016년 1월 12일

11·14 민중총궐기대회 관련 경찰 출석.

2016년 1월 26일

정작 가장 추운 날엔 오지 못하고 다시 사흘 짬으로 어머니에게 왔다. 고구마 팬에 뚜껑 덮어 굽고, 시래기 국 끓이고, 띄운 비지장을 지졌다. 코다리조림 무조림 파래무침은 집에서 조금 덜어왔고 매운 고추 튀각은 못 잡수신다. 김치와 달랑무를 얇게 저며 놓는다. 엊그제 페트병에 담아온 추곡 약수로 노란 냄비 밥을 지었다. 색도 그러려니와 찰지게 제대로 되었다. 티브이를 마주하고 겨울 밥상 앞에 앉는다. 워낙 적게 잡수시지만 고구마 먹어 배부르다며 한 숟갈 내 밥에 덜어내니 지평막걸리에 맹꽁이 배 되었다.

2016년 4월 17일

어머니에게 왔다. 요즘 동생 일로 시름이 크고 자주 눈물짓는데 참 난감하다. 그러거나 말거나 어머니가 뜯어다 다듬고 씻어놓은 부추를 양념해 버무렸다. 큰 통 순서대로 큰아들 작은아들 막내딸 것. 어머니는 젤 작은 통. 비 오는 날 영종역 불빛이 환하다. 시금치 며 갓 완두콩 강낭콩 씨앗도 챙겼다. 빗줄기는 속절없이 굵어지고 두고 온 텃밭이 궁금하다.

2016년 4월 28일

하루 종일 비가 내렸다. 설움은 늘 느닷없다. 어둡고 깊은 밤길을 달려 가까스로 닿은 병실에서 노인은 마지막 숨을 몰아쉬고 있었다. 혼자 큰아버지 임종을 지켰다. 이팝나무 꽃이 만개하고 있는 산청호국원에 모셨다.

2016년 5월 11일

다시 검찰에 출석해 세 시간 넘게 조사를 받다.

2016년 5월 22일

여동생이 새 차를 샀다. 어머니와 조카들 데리고 화천까지 다녀갔다.

2016년 8월 10일

어제 아내와 함께 차에 자전거 두 대를 실었다. 녹동항에서 카페리로 제주에 왔다. 체육 교사 직무 연수 강의. 강의 제목은 박용재 박용하 형제 시집에서 가져온 『길이 우리를 데려다주지는 않는다』. 둘째 아이 새하 이름을 만들어 낸 첫 학교 졸업생 상원이 미순이 내외와 두 아이 정민과 정인이를 만나 저녁을 먹었다. 십여 년 만에 만나 즐겁고 행복한데 자꾸만 눈물이 났다. 내일은 서귀포 강의 마치고 아내와 자전거로 우도 들어가기로 했다.

2016년 8월 17일

체육시민연대 반전 반핵 평화 마라톤. 마라토너 바이크 세이프가드. 2013년 영동 노근리-임진각에 이어 광주 나눔의 집에서 일본 대사관 소녀상까지. 정대협 수요 집회 결합. 임무 완수.

2016년 10월 3일

총 맞아 후송병원에서 악취를 풍기며 환부가 썩어 들어가다 결국 숨진 내 아버지를 병사로 만든 이 슬픈 국가는 또다시 백남기 님을 사망 진단서에 병사로 만들었다.

2016년 10월 23일

조선일보 춘천마라톤. 춘마로 새벽부터 북새통인 공지천을 벗어난다. 영종도 어머니 보러 가는 새벽길이 새롭다. 아직 한가한 가평 휴게소. 까마귀 몇 마리 노닌다. 구름이 늘어나는 하늘. 차가운 바람 불어온다.

2016년 10월 25일

백남기 농민 부검한다고 시신 탈취 시도. 이미 오래전부터 이 슬픈 국가는 무수한 죽음을 침탈해 왔다. 대를 이어 권력의 시신을 파먹으며 추악한 이빨을 드러낸 저 저 저! 지금 살아 있는 것이 실상은 죽어 있는 것들의 것이라는 도저한 날들. 무간지옥無間地獄!

2016년 11월 5일

백남기 어르신 안녕히 가세요. 작년 11월 14일. 어르신 쓰러지셔 실려 간 앰뷸런스가 바로 제 앞으로 지나갔고 춘천행 막차 안에서 위독하시다는 소식을 접하고 분노에 몸을 떨었지요. 어제 김창균 새 시집 받아보는 자리에 오신 최돈선 시인형님선생님께서 그동안 옷깃에 달고 계시던 검은 리본을 떼시는 걸 받아들었습니다. 평화와 안식이 함께 하소서.

2016년 11월 11일

"길가에 버려지다" 뮤직비디오를 본다. 이들은 이미 사상가 아닌가.

2016년 11월 12일

광화문 광장. 나는 어느 곳에 없으면 다른 곳에 있다. 고로 나는 모든 곳에 있다.

2016년 11월 27일

어제 고광헌 시인형님선생님이 증인으로 출석하고 소주 몇 병 나눠 마시고 손 흔들며 떠나갔다. 류태호 정용철 교수도 그랬지만 손 흔들며 떠나가는 모든 것은 눈물이다. 오늘의 눈물은 더 오래일 것이다. 그리운 이들 생각에 밤새 술잔을 기울이고픈 날이다. 선고 공판은 12월 21일. 오후 두 시.

현존재로서 나는 '기억의 총량'으로 오늘 바로 지금 살아 있다. 광장으로 나가는 3.5%의 기억의 총량은 박근혜 정권을 지지하는 4%의 기억의 총량과 어떻게 다를까. 다만 그 다름이 90%의 분노와 눈물일 터. 4·16 이후 집회에서 '기억의 총량'이 보탠 눈물을 생각한다. 그동안 많이 울었다는 얘기. 오늘은 웃을 거다.

이유 없는 슬픔이 있을 수도 있다. 무연한 눈물. 그러나 그 눈물의 근원을 들여다보면 한 인간의 생애가 보일 것이다. 한 국가가 수백만의 촛불로 눈물을 흘린다면 그 슬픔의 뿌리와 역사도 보일 것이다. 대가를 치르지 않고 얻을 수 있는 것은 아무것도 없다. 내 눈물은 슬픈 국가의 일원으로 살아가면서 당연한 것이다. 지금까지 살아오면서 나는 충분히 눈물 흘렸고 그 눈물만큼 딱 그만큼의 기쁨도 함께했다. 나를 보면 마냥 웃는 어머니처럼 더 자주 웃으며 살 거다.

선고 공판 참석하러 가는 길. 가마우지들은 모두 떠나고. 오리들 수런거리는 소리 들으려고. 흐린 겨울 하늘 강물에 잠기고. 그 강물에 우울은 잔잔히 흘렀다. 고개 숙인 판사는 한 번도 고개를 들지 않았다. 피고인 나와 단 한 번도 눈 맞추지 않았다. 검찰의 공소장 내용을 그대로 읽었고 변호인의 주장과 피고인의 최후 진술을 묵살했다. 왜 그랬는지 묻지 않겠다. 국가 폭력 부역자. (2018. 5. 18. 항소심에서 무죄 판결을 받았다.)

에필로그
epilogue

호랑가시나무를 찾아서

빛 고을에 비 내리는 날
양림동 수피아여고 뒷산 호랑가시나무를 보러 갔다
오래된 나무의 생애가 비바람에 젖으며
가끔 흔들리며 빗물을 털어내고 있었다

누군가 혹은 무엇인가를 찾아간다는 것은
머물러 있으므로 빛이 바래가는
어떤 생애의 귀퉁이에서
부지할 수 있는 목숨만을 남겨놓고
냉정하게 도려내야만 하는 것이 무엇인지를
한 생애와 그 운명의 부질없는 것들에 대하여
한 번쯤은 되돌아보는 것은 아닌지를 생각해 보는
것이다

저 호랑가시나무처럼 시들지 않는 이파리에
가시가 돋고 눈 부릅뜬 상처가 되어 남는 것인지
하여 한동안 머물러 바라만 보아주어도
황홀한 상처로 빛나게 되는 것인지
머무를 수 없었던 속삭임이

가시 돋은 잎으로 흔들리는 것인지

여명에서 황혼까지 빛나는 모든 것들을
눈부시게 바라보는 눈물이 되는 것인지
누군가를 눈부시게 바라보던 순간들이
저 호랑가시나무 이파리에 맺힌 형형한 눈빛으로
온 생애의 나날들에 되살아나는 것인지
하여 어떤 것에도 눈 감을 수 없게 된다는 것인지

국수를 먹는 밤

잘 익은 김치를 썰어 넣고 가운데 솥에 끓인 국수 털레기를 먹는 밤. 승냥이들이 우는 밤. 그냥저냥 뛰어놀던 세월. 온 식구 둘러앉아 국수를 후루룩이며 동치미 무를 우적이던 밤. 국수가 모자라지 않던 밤이 있었다.

스님 정치인 언론인 명망 있는 문인들 기백 명. 한복 입은 아낙들이 정성스레 만든 방짜 그릇 사찰 음식 공양을 한다. 절에서 가장 너른 곳에 들어앉아 조용조용 정성스레 드신다. 꾸역꾸역 음미하며 잘도 쳐드신다. 시인학교 지도 시인 몇이서 해우소 가까운 별관 추녀 밑에서 국수 공양을 한다. 관광객들과 함께 플라스틱 하얀 대접 오이냉국 국수를 후루룩 후루룩게 눈 감추듯 먹는다. 슴슴하고 깔끔한 냉국수를 먹는다. 절간을 드나드는 중생들인지 문학을 좋아하는 인간들인지. 수백 수천 인간들의 북새통이라 그런지. 국수 공양 그릇을 그냥 설거지통에 처박고 간다. 젊은 시인들 몇몇 백팔 개인지 천팔십 갠지 묵언 수행하듯 국수 그릇 설거지 공양을 수행하는 것이었다. 그렇게 오세암에서부터 수렴동 계곡을 지나온 바람이 만해와 백석의 혓바닥을 핥고 지나간 날이 있었다.

느닷없이 며칠 술에 절었다 깼다. 당연하다는 듯 아내에게 국수를 청한다. 늘 그렇듯 멸치다시 국수를 말아준다. 그해 겨울 국수 털레기마냥 슴슴하고 따뜻하니 시원하다. 국수를 먹는 밤. 속이 풀리고 어둡던 한 생애가 환해지는 것이었다.

냉면의 품격

결국 냉면을 꾸역꾸역 욱여넣었다
너무 억울해서 고개 떨구고
냉면 그릇에 코를 박았다
산다는 것의 품격을 생각하게 하는
TV 화면 가득한 두 사람을
넋 놓고 바라보기도 하다가
뭐지? 옥산포 평양냉면 이 슴슴한
냉면 한 저름에 목이 멘다
도대체 이게 뭐람
냉면 한 그릇 함께 먹는데
돈도 명예도 사랑도
자존심도 아무것도 아닌데
내 목숨을 건 사랑을 스스로
훼방 놓으며 내달려온
지지리 못나고 품격 없었던 생애가
지난 세월이 억울하고 억울해서
식초 겨자를 더해 버무리고 휘저어
랭면을 평양냉면을 꾸역꾸역
자꾸 눈가를 손등으로 훔치며

환한 울음으로 후루룩이는
아 이 품위와 품격 풀풀거리는

개마고원으로 가는 자전거

자전거를 타면서 괜히 혼자서 아무 데서나 피식피식 웃기도 하고 찔끔거리기도 하는 봄날이 왔다. 그뿐. 하루에 한두 번 많으면 서너 번 수백 수천 번 안간힘을 다하지는 않았다. 그럴 일도 없었다. 먹기 위해 살기 위해 사랑하기 위해 안간힘을 죽을힘을 다하지 않았으므로. 목숨을 걸지 않았으므로. 자전거를 타면서 오늘도 하루를 어슷 썰고 깍둑 썰며 채를 치듯 얼렁뚱땅 보냈다. 버무려 갈무리하지 못하고 그냥 버렸다.

자전거로 배후령 느랏재 석파령을 오르는 날들이 그랬다. 숨 가쁘게 페달을 밟으며 스스로에게 의문을 품었다. 예컨대 국가는 매일 죽는가. 올리브각시바다거북은 왜 포항 앞바다에서 죽었을까. 지금 무슨 짓을 하고 있는 것인지. 무슨 영광을 보자고 이렇게 힘들어해야 하는지를 물었다. 거듭 묻고 물었지만 답이 있을 리 없었다. 그렇게 체 게바라가 평양에 갔던 날이 궁금한 세월을 살았다.

〉

달빛이 산마루를 비추는데 타고 온 자전거가 녹슬어 있었다. 밤새 늑대와 여우들의 울음소리가 달빛 아래 숨어들고 있었다. 개마고원이었다.

엎디어 있다

엎디어 있다
화산도 사람들이
전쟁 포로들이
광주 시민들이
세월호 아이들이

엎디어 조금씩
기어가거나 움직인다
새만금에서 구럼비에서
밀양에서 성주에서
굴뚝 위에서 철탑 위에서
논두렁 밭고랑에서
팽목항에서

광화문 아스팔트에
청계 광장 보도블록 위에
엎디어 있다
부복한 것이 아니라
조금씩 앞으로 느리게

여기까지 납작납작
엎드려 기어왔다

태극기 든 사람들이
침 뱉으며 지나간다

가만히 엎드려 본다
판문점까지는
엎드려 기어가야지
군사 분계선을 넘으면
일어나야지
옹진에는
개마고원까지는
천천히 걸어가려고

남아 있는 날들

단원고등학교가 개교하기 한참 전전 일이었다. 탈퇴 각서를 쓰고 해직을 면한 이듬해 학교를 옮겼다. 한 학기를 면목동에서 시흥사거리까지는 너무 멀었다. 사글셋방을 접고 안산 선부동 14평 주공 임대아파트로 이사했다. 입주하고 얼마 되지 않아 연탄보일러를 가스보일러로 바꾸었다. 방 둘에 주방이 달린 우리 집. 거금을 들여 린나이 오븐을 들여놓고 가끔 통닭을 구웠다. 수인선 협궤 열차가 남아 있던 시절이었다.

전철과 버스로 반월 산본 군포 안양 석수역을 지나야 하는 학교를 오갔다. 명절에 합천 큰댁에라도 다녀오려면 큰애는 걸리고 작은애는 업거나 안아야 했다. 버스를 타고 사리포구와 오이도를 다녀오기도 했다. 한참을 휘도는 길에는 갯벌과 염전이 늘어서 있었다. 시화 방조제 공사가 시작되고 공단 터닦이가 시작되고 있었다. 이듬해 리을이가 화랑초등학교에 입학했고 새하는 이새유치원을 다니기 시작했다.
〉

겨울방학을 하면서 화랑저수지가 얼어붙었다. 첫 학교 졸업생 상원이 강규 지우가 어쩌다 찾아왔다. 짓궂기 그지없는 녀석들이 다섯 살 새하에게 담배를 물린 사진을 남기기도 했다. 어느 날 아이들을 안고 업게 하고 협궤 열차를 탔다. 군자 월곶 소래까지 소금창고 늘어선 광활하고 황량한 겨울 염전이 우리들을 맞았다. 돌아올 때 온기가 별로 없는 석탄 난로가 놓인 소래역에서 열차를 기다렸다. 리을이와 새하는 그 애들 품에서 잠들어 있었다. 주안으로 비디오 가게를 하러 오고갈 때 그 친구들이 이삿짐을 날라주었다. 안산으로 돌아오면서 화이트 컬러의 날렵한 첫 승용차를 샀다. 다시 찾아온 친구들이 주유구 뚜껑을 빼다가 책꽂이에 감추어 놓은 걸 사흘 후에야 발견하기도 했다. 지옥철에서 해방되었고 또 다른 신세계를 살게 되었다.

　교육 노동자로 열 번째 학교를 떠돌며 신세계를 살았다. 협궤 열차 안에서 구국의 강철 콧구멍을 노래하던 세 친구들은 대륙과 해양을 건너뛰며 저마다의 신세계를 살고 있다. 지우는 남극을 들락거리고 강규는 브리즈번, 상원이는 제주도에서 나름대로 잘 살고 있다. 신세계를 배회하던 나는 정년을 맞았고 또 다른 신세계를 살 것이다. 남아 있는 날들은 별이 된 세월호 아이들이 잃어버린 세상을 살아야 한다.

눈물의 기원起源

북에서 온 노인처럼 울었다. 북남 남북 사람들이 반갑습니다 휘파람 불다 다시 만나자고 기약 없이 헤어지며 부둥켜안을 때 같이 울었다. 화면이 지워져도 울다가 웃을 수 없었다. 용산리 모퉁이를 휘돌아 고탄에 접어들며 빗물에 눈발이 섞이기 시작했다. 용화산 휴양림 양통마을 입구를 지나면서부터는 제법 눈발이 날린다. 3·8선 표지판을 지나 부다리 터널을 바라보는 산자락은 흰 눈을 뒤집어쓰고 있었다. 세상은 온통 설국으로 바뀌어 있었다. DMZ는 직선거리로 20km. 개마고원은 아직 눈에 덮여 있겠지. 옹진에는 비가 내리고 있을 것이다. 눈비가 내리는 날 한참을 무연하게 울었다. 눈물의 정수리. 세상의 모든 눈물이 휘어지고 있었다.

천장지구天長地久

너무 멀리 가지는 말자
그 사람과 나 사이만큼만
바람이 불도록 하자
새로 얻은 뜨거워진 심장에
불가능한 꿈
부풀어 터져버린 희망을 탑재하는 거다
그냥 바람통 하나 붙이고
같은 별에 닿아
그 사람과 나 사이의 꼭짓점에
같은 하늘을 두고
그 별에 아무도 모를
이름 하나 지어주자

개망초에게

고맙다 정말 다행이다
보아주고 불러주지 않아도
덜 서러울 거 같은 이름이어서
단 한 번의 눈길만으로도
기다리다 질 수 있는 꽃잎일 거 같아서
아무 때나 아무 데서나 찔끔거려도
괜찮을 거 같아서

해설

슬픈 국가,
연보랏빛 들국화는 피고 있는데

박용하(시인)

한 번 상처받은 사람은 평생을 상처 속에 살다 죽게 될 것이다. 상처는 치유되지 않는다. 치유된다고, 치유되었다고 생각 같은 생각을 할 수 있을 뿐, 상처가 아물어 붙었다 해도 흔적은 남는다. 이젠 잊었다고, 지워버렸다고 말할지라도 그것이 삶에서 온전히 삭제되는 일이 가능한 일일까. 몸이 새기고 마음이 아로새긴 상처의 에너지는 삶의 여러 적수 중 최강이다. 그 흔적은 마치 피와 뼈에 새겨진 지문처럼 남아 혈관을 떠돌고 몸의 기억을 지탱할 것이기 때문이다. 한 번 받은 상처는 과거와 미래를 날아다니며 언제든지 현재라는 이름 위로 솟구칠 수 있다. 실제 솟구

친다. 의식하든 못 하든 상처는 언제나 현재진행형이다. 더구나 국가 폭력에 의해 희생당한 사람들과 그들의 남아 있는 가족들이 감당해야 할 상처는 시간의 흐름과 무관하게 삶이 지속되는 한 그림자처럼 삶에 들러붙어 평생을 동행할 것이다. 그것은 엄밀하게 말해 '죽음'이 아닌 '죽임'이기 때문에 더 그러하다. 심지어 어떤 '죽음/죽임'의 상처는 남아 있는 자들에게 전해져 세대를 건너뛰며 유전된다. 상처받은 사람들에게 상처를 이제 그만 잊고, 상처와 화해하고, 미래를 생각하면서 살라는 소리만큼 폭력적이고 한심한 소리도 없다. 상처를 극복한다는 건 수사학일 뿐이다. 그러면 어떻게 해야 하나. 상처 없이 삶을 건너갈 수 없다면? 상처받은 사람은 상처를 끌고 가거나 아니면 상처에 끌려 다녀야 하기에, 상처를 입고 신고 껴안고 살아야 한다. 살아가야 한다. 그럴 수 있을까. 가혹하다 해도 그 수밖에 없다. 그 '살아감'은 '살아냄'이고 '살아냄'은 '견딤'이며 '살아 있음'은 '살아남음'이다.

봄날 저녁 그가 평소보다 낮은 목소리로 내게 시집 발문을 부탁했을 때 '드디어 올 것이 오고야 말았구나' 싶었다. 그 순간 '난 이제 그런 글 안 써요. 내 함량 밖의 일이니 섭해도 거절합니다' 그렇게 내 속에서는 또 다른 내가 나를 윽박지르고 있었다. 거절하면 금 간다. 내색하지 않을지라도 부탁을 거절하면 관계에 금이 간다. 앙금이 남는다. 지난번 안 좋았던 기억은 훌훌 다 털어버렸다는 말은 거짓말이다. 한 번의 부탁을 잘못 거절하면 삶이 깨진다. 인간관계는 보기보다 미세하고 미묘해서 한 번 금이 가면 회복이 된 것처럼 보일 뿐 회복이 되지 않는다. 부탁을 거절하는 일은 부탁을 하는 일보다 더 힘든 일이다. 그간 내게 표4, 발문, 전시회 도록에 들어갈 글 같은 것을 부탁한 몇몇 사람들이 없었던 것은 아니나, 그때마다 금쪽같은 시간을 빼내 때 아닌 노역에 처해져야 했기에 그들을 경원하게 되었고, 그런 부탁을 가차 없이 거절하지 못한 나의 유정(有情)을 또 경원하게 되었다. 기본적으로 나는 내 글을 한 줄이라도 쓰려는 자지 남의 글에 두 줄 이상의 주석을 다는 자가 아니다. 이 세상에 아무리 좋은 발문이나 해설도 시적 성취의 유무를 떠나서 한 시인의 피가 움직여 씌어진 시 한 줄에 비할 바가 아니라는 게 내 평소 소신이고 지론인 까닭이다. 그렇다고 발문과 해설은 아무나 쓰나. 그럼에도 그의 부탁을 내치지 못한 건 내가 그에게 진 마음의 빚이 적지 않아서다. 나는 술에 젖어 그의 차에 실려 집까지 배달된 적이 여러 번이었으며, '내 책상 위 백지 위에서 나는 가장 멀리까지 여행한

다'면서도 그의 차로 그나마 남한 땅 몇몇 먼 곳을 주
차간산하게 된 것도 다 그 덕분이기 때문이다. 그뿐
이랴. 그동안 그가 낸 밥값, 술값은 또 얼마랴. 내가
아는 형들, 선배들, 선생들은 하나같이 밥값, 술값은
꼭 자기들이 모조리 계산해야 직성이 풀리는 강박의
소유자들이다. 한 번은 술값을 먼저 계산했다고 "용하
씨, 반칙했어!"라며 옐로카드를 꺼내든 선생님도 있
었다.

수 년 전 늦가을 어느 날 불쑥 그가 내 사는 양평
에 들러 모 화장터를 수소문할 때, 영문을 알지 못
하던 내 눈앞에 꺼내 놓은 문서는 그가 두 살 때 총
상으로 군에서 사망한 그의 아버지 병상일지였다.
국민 알기를 개 돼지 취급하는 나라에서 나는 내심
'아니 저걸 어떻게 확보했지' 싶어 의아했지만 의아
했다기보다 질렸다고 하는 게 맞겠다. 그의 아버지
는 1958년 12월 철원 김화 제6사단에서 총상을 입
고 양평에 있는 59후송병원으로 이송됐다 총상 이
후 한 달 만에 사망해 화장됐던 탓에 그곳이 어딘지
알고 싶어 찾아온 것이었다. 그 당시 유족 몰래 화장
되었기에 그의 어머니는 남편이 국립묘지에 묻힌 것
도 몰랐다. 아버지가 사망한 지 14년이 지난 1974
년 고등학생이 된 아들이 그곳을 처음 찾아가고,

1983년이 되어서야 그의 어머니는 남편 묻힌 곳을 찾는다.(이 해는 또 특별하다. 실제 그는 1983년 '이산가족찾기 방송' 때 이산가족이었던 그의 큰아버지와 상봉하기 때문이다.) 그의 「슬픈 연대기」에 의하면 2014년 10월 계룡대 국방부를 직접 방문해 55년 만에 그의 아버지 병상일지를 받아든 것으로 나온다. 1950년대 말 병상일지가 보관돼 있었던 게 내 눈엔 신기했고, 그 일지엔 관통상 당한 부위에 대한 그림도 그려져 있어서 또 놀라웠고, 더욱 놀라웠던 건 그 문서를 환갑이 다 된 자식이 찾아내 손에 쥐었다는 사실이다.

포로수용소 생활까지 견뎠고 한 아이의 애비였던 나에게 남쪽의 군인들은 짐승 같았다. 어차피 짐승 같은 시절이었다.

—「들국화는 피었는데」 부분

이 시집(책) 도처에는 죽음의 그림자가 어른거린다. 국가 폭력의 유구함만큼이나 면면히 흐른다. 그 그림자는 6·25 전쟁이 일어나던 당일 난사당해 숨진 그의 조부모를 비롯해, 어머니가 개가(改嫁)한 뒤 태어난 여동생 '국화'의 때 이른 죽음, 이 여동생의 죽음은 그가 어린 시절을 보낸 곳에서 탱크에 깔려 죽은 박수무당의 죽음과 훗날 미군 장갑차에 깔려 죽은 효순, 미선의 죽음과 겹쳐지고, 2015년 11월 민중총궐기대회 때 경찰 물대포에 맞고 쓰러져 의식을 찾지 못하고 2016년 9월 사망한 백남기 님의 죽음을 '병사'로 처리한 사망진단서와 총상으로 숨진 그의 아버지를 '병사'로 만든 국가 폭력에 의한 죽음이 또 겹쳐진다. 미군 트럭 밑으로 택시가 끼어 들어가는 바람에 운전사와 함께 죽은 불알친구 승룡이의 죽음, 유행성 출혈열로 숨진 의붓아버지, 큰아버지의 죽음, 그가 체육 교사여서 더욱 남달랐을 세월호 아이들의 죽음까지……. 그래서였을까. 「흐르는 강물처럼」이란 시에서 화자는 "죽어 떠나간 것들이 살아 있는 것들을 뒤돌아보는 것이다"라고 죽음이 역으로 삶을 애도하거나 "끝내 목숨을 걸지 못했으므로 매일 죽어야만 했을 것이다"라고 지금 여기서의 삶을 비탄하며 "그렇게 죽어간 것들에 대해 살아 있는 것들은 다 살기 마련이었다"라고 남아 있는 사람들의 삶을 향한 긍정의 노래 한 가락을 보탠다.

그가 자주 언급하고 있는 "슬픈 국가"는 '김재룡어(語)'를 대표하는 핵심어다. 이 "슬픈 국가"의 "슬픈"의 이면은 "90프로가 분노 나머지는 눈물"인 슬픔이다. 국가주의에 대한 그의 저항과 반감이 하루이틀에 형성된 감정이 아니듯이 이 슬픔은 분노가 대량 내장된 슬픔이다. '사람이 국가고 한 사람은 하나의 국가다.' 이게 김재룡이 전하고 싶은 전언일 텐데, 사람이 국가를 만들고, 국가가 사람을 나 몰라라 하는 시스템을 김재룡은 견디질 못한다. 그 분노는 "국가를 전유하는 자들"(「세월호 일기초」)에 대한, 국민을 쓰고 버리는 소모품처럼 취급하는 것에 대한 분노다. 국가를 사익 집단의 주식회사쯤으로 여기는 자들이 장악하고 있는 한, 그들이 연신 입에 달고 사는 국민(실상은 국민이라는 이름의 노예 / 국민이라는 이름의 약자)은 그들의 이익에 종사하는 한낱 일개 부속품에 지나지 않게 된다. 사익을 위한 패거리가 전유한 국가일수록 언제든 벌어지고 벌어질 수밖에 없는 일이다.

용서라는 것을 알 리 없는 하늘에서
첫눈이 내렸다
어머니 울지 마세요
도무지 용서할 수 없는
지상의 모든 것들이 눈에 덮였다

어머니 울지 마세요

나는 괜찮아요

— 「첫눈에서 봄눈까지」 부분

"슬픈 국가"와 더불어 '김재룡 어(語)'의 또 다른 축이며 심층을 이루는 말은 "어머니", "눈물", "연보랏빛 들국화"와 함께 "(춘천의)안개"가 될 것이다. 연보랏빛은 그를 지배하는 색깔이며 일찍 세상을 뜬 그의 여동생의 죽음을 상기시킨다. "원생동물의 몸짓으로 사루어 내는 / 어둠은 연보랏빛 즐거움"(「불가사리의 노래」)이라고 노래하는 걸 보라! 그는 연보랏빛에 물든 자다. 그의 어머니가 개가(改嫁)하고 얻은 여동생이름이 '국화'였는데, 여동생이 네 살 되던 해 삼촌과 고모와 국화와 그가 함께 놀다 누구의 발에 걸렸는지 고추장 풀기 위해 받아놓은 뜨거운 함지박으로 넘어져 화상을 입고 국화는 이틀 만에 세상을 뜬다. 이 애절한 사연은 「구절초」라는 시를 통해 아름답게 구현되는데, 국화/들국화/벌개미취/구절초는 일찍 세상을 뜬 누이를 일컫는 다른 이름이리라. 「구절초」는 김재룡의제망매다.

어머니 모르게 아버지는 국화를 앞산 어디엔가
묻었다. 국화가 묻힌 곳을 아는 사람은 아버지뿐이
었을 것이다. 그해 가을 우리 식구들은 고개 넘어
건넛마을에 집을 짓고 분가했다. 해마다 삿갓봉 가
는 길엔 들국화가 지천이었다. 그런 줄만 알았다.
들국화인 줄만 알았다. 아버지도 돌아가시고 어느
날 어머니와 삿갓봉에 다녀오는 길에 어릴 적 국화
이야길 한다.

　"어무니, 그때 국화가 내 발이 걸려 함지박에 빠
진 거 알고 있우?"
　"그걸 누가 알겠나. 이 사람아."
　"오빠 땜에 그랬어. 오빠 땜에 그랬어! 라는 말이
지금도 귀에 쟁쟁한 거 같아서…"
　"그럼, 삼촌이나 고모 땜에 그랬다고 하면 자네
맘이 편했겠나. 저건 벌개미취에여. 저 흰 꽃이 구절
초고. 국화 묻은 데 저 구절초가 저절로 잔뜩 피어
있더라구."

— 「구절초」 부분

　그는 자주 운다. 그는 글에서 자주 울고 있는데, "무
연한 눈물"이라거나 "눈비가 내리는 날 한참을 무연하

게 울었다"거나 "오늘은 혼자 실컷 울었다"고 고백하
고, "눈물의 정수리. 세상의 모든 눈물이 휘어지고 있
었다"(「눈물의 기원」)라는 수일한 표현을 이끌어 내기
도 하고, "그렇게 오늘은 전철에 기대어 집에 오며 정
말로 시가 쓰고 싶어서 아니면 정말로 시인이 되고 싶
어서인지 눈물이 났다."(「난 시인이 아니라고 우겼다」)
고 쓰기도 한다. 나는 실제 그가 우는 걸 본 적이 있
는데, 그가 울 때, 그는 눈물을 흘리지 않고, 그의 눈
물은 터져 나온다. 그의 눈물은 몸으로 쓰는 그의 언
어다. 나는 이제 저 눈물의 정체가 그의 슬픈 가계사
와 연계돼 있고, 이 슬픈 국가에서 벌어진 / 벌어지고
있는 죽음(죽임)과 무관하지 않을 것이라고 짐작한
다. 그의 눈물은 폭력에 의해 희생된 자들의 '사물화'
에 대한 '숨 불어넣기'라고 해석하면 과장된 해석일
까. 이 눈물의 시인은 심지어 이렇게까지 쓴다. "이유
없는 슬픔이 있을 수도 있다. 무연한 눈물. 그러나 그
눈물의 근원을 들여다보면 한 인간의 생애가 보일 것
이다."(「잃어버린 시간을 찾아서」)

여명에서 황혼까지 빛나는 모든 것들을
눈부시게 바라보는 눈물이 되는 것인지
누군가를 눈부시게 바라보던 순간들이

저 호랑가시나무 이파리에 맺힌 형형한 눈빛으로
온 생애의 나날들에 되살아나는 것인지
하여 어떤 것에도 눈 감을 수 없게 된다는 것인지

                 —「호랑가시나무를 찾아서」 부분

  그가 눈물의 시인인 것과 다르게 그는 사석에서 종
종 격하게 자기주장을 펼치고 '정직'을 언급하는 사
람이다. "너는 지금 정직하지 않아!"라며 공격할 때
는 더 그렇다. 눈동자에 광이 난다. 나는 그가 '정직'
이라는 단어를 사용해 남을 공격할 때, 그 역시도 정
직에서 자유로울 수 없으리라는 것을, 없었을 것이라
는 것을 "비겁하지 않으려고 비겁한 놈이라는 소리
만은 듣지 않겠다고 생각하며 선생질로 늙어온 시간
들이 참혹하다."(「세월호 일기초」)는 글을 통해 엿볼 수
있다. 나는 그가 좋은 교사였고 지금도 좋은 교사일
거라는 나의 편견에는 의심이 없다. 내가 잘못 봤나.
그가 정직에 얼마나 민감하고 집념하고 있었는지 "꿈
꾸지 않고 숨 쉴 수 있는 / 내장을 다오 / 꿈꾸지 않고
숨 쉴 수 있는 / 정직함을 다오"(「중도(中島)의 꿈」)를 통
해 들여다보게 된다.

  그를 만난 지 사십여 년이 된다. 우리는 '안개(공중을

흐르는 호수) 도시'에서 처음 만나 젊은 날의 한때를 거기서 보냈고, 십몇 년 소식 없이 떨어져 지낸 세월을 빼면 지금도 우리는 그곳에서 가끔 본다. 형제지간도 불원하기 일쑤인 세월이니, 이제는 일 년에 한두 번만 봐도 패밀리다. 우리는 만나면 술 마시고 가끔 목소리를 높이기도 한다. 나는 그를 만나면 퍼질 때까지 마시고 싶어 하는데 그는 어느 순간 훌훌 털고 술자리에서 일어난다. 그는 구질구질하게 구는 걸 못 견뎌하고 정직하지 않은 걸 못 참아 한다. 그는 여전히 에너지가 가파르고, 씩씩하고(체육 교사로 정년을 하다니!), 생물학적인 나이를 거스르겠다는 건지 남도 오 백리를 쉽게 라이딩 하며 바다 건너 제주를 비롯해 얼마 전에는 대만 종주 라이딩까지 한 강자다. 그는 "달리는 지도책"(「길을 묻는다」)인 것이다. 이 '바퀴 구두 신은 사람'은 "생사의 중력"(「안개의 생애」)을 버릴 때까지 또 어디로 발길을 향할까. 생이 그를 버릴 때까지 또 어디로 그의 생을 데리고 갈까. 내가 나이 먹어가면서 깨달은 것 중 하나는 괜찮다 싶었던 인간들이 생각보다 구질구질하고 찌질한 인간들이라는 것을 어느 한 순간 확인하게 되는 경우가 적지 않다는 것이고, 사람은 뒤를 봐야 하고 끝자리를 지켜봐야 한다는 것이다. 그가 내 맘에 안 들 때도 있었지만 내가 만난 사람 중에 그는 여전히 뜨거운 사람이며 정직한 사람이라고 내 피부는 기억한다. 어떤 시(글)는 단지 진술에 의존할 뿐인데도, 문학적 수사에 능한 시를 능가하는 울림을 준다. 진술이 시의 비유를 넘어서는 힘을 내장하고 있는 까닭이다. 나는 이 자리를 빌려 내 시작 노트에 적혀 있는 전언을 전한다.

"시는 무의미한 혼잣말이 아니고 나를 향한, 너를 향한, 나의 너와 너의 나를 향한, 우리들을 향한, 세계를 향한 돌이킬 수 없는 말 걸기다. 나는 세계를 위해 시를 쓰지 않고 세계를 향해 시를 쓴다."

그의 말대로 이 슬픈 국가에서 그의 말 걸기가, 그의 행동이 — 그가 그토록 염원하는 것처럼, 진실의 빛이 남아 있는 자들의 이마에 닿기를 바라고 또 바란다. 삶도 죽음도 언제나 지금 여기 남은 자들, 지금 여기서 살아가야 하는 자들, 살아남아야 하는 자들의 몫이다. 삶이 있을 때 삶에 있고, 삶에 있을 때 삶이 있다. 늙어가는 그의 어머니의 "앞발"이 되기를 갈구하는 그는 "어쩌다 어머니를 보러 오가면서 몇 번은 살아 있다는 것이 신기하고도 놀라운 일이라 생각했다."(「운서역에서」)고 쓴다. 살아 있는 일은 놀라운 일이다. 그의 어머니의 말을 이 발문의 결구로 적어둔다.

"인생이 모자라지. 돈이 모자르냐?!"

개망초 연대기年代記

1판 1쇄 발행	2019년 6월 10일
1판 2쇄 발행	2019년 10월 21일
지은이	김재룡
발행인	윤미소
발행처	(주)달아실출판사
책임편집	박제영
디자인	안수연
마케팅	배상휘
주소	강원도 춘천시 춘천로 17번길 37, 1층
전화	033-241-7661
팩스	033-241-7662
이메일	dalasilmoongo@naver.com
출판등록	2016년 12월 30일 제494호

ⓒ 김재룡, 2019
ISBN 979-11-88710-39-3   03810

* 이 도서의 국립중앙도서관 출판예정도서목록(CIP)은 서지정보유통지원시
  스템 홈페이지(http://seoji.nl.go.kr)와 국가자료공동목록시스템(http://www.
  nl.go.kr/kolisnet)에서 이용하실 수 있습니다.(CIP제어번호 : CIP2019019496)
* 잘못된 책은 구입한 곳에서 바꿔드립니다.
* 책값은 뒤표지에 표시되어 있습니다.